Vergiftete Saiten

Sebastian Oberst

AF237640

Für meine Familie,
mit deren Unterstützung
ich alles erreichen kann.
Für Johanna, meiner Liebe,
Stütze und Inspiration.

Bibliographische Information der Deutschen Nationalbi-
bliothek: Die Deutsche Nationalbibliothek verzeichnet diese
Publikation in der Deutschen Nationalbibliografie; detaillierte
bibliografische Daten sind im Internet über dnb.dnb.de
abrufbar.

Mit freundlicher Unterstützung von:

**⌐|o
LUITPOLD
OPTIK**

© 2021, Sebastian Oberst
Layout und Satz: Johanna Weber
Foto Buchcover: Javier Navarro Puertas
Herstellung und Verlag: BoD - Books on Demand,
Norderstedt

ISBN: 978-3-7534-9963-5

Die Musik war schon von Weitem zu hören. Wie jedes Land seine eigene Volksmusik hat, so auch Spanien mit temperamentvollen Klängen der Iberischen Halbinsel aus den Schalllöchern der Flamenco-Gitarren. Sie bedeuteten die ausgelassene Stimmung der Musikanten auf dem Marktplatz. Zahlreiche Interessenten tummelten sich um Stände mit exotischen Gütern, um die alten Meister, die ihre Künste auf ihren Instrumenten darboten und um Händler mit verschiedensten Waren aus der Region. Eine prächtige Vielfalt bot sich den Augen der Menschen, die diesen Anblick richtig in sich aufsogen. Es war wie ein kleines Fest und von den Bewohnern Granadas jedes Jahr sehnlichst erwartet.

Die Familie war zum ersten Mal in Spanien. Beladen mit unzähligen Reiseführern schlenderten Familienvater Frank mit Ehefrau Ursula und ihrem Sohn Manuel über das großzügige Marktgelände. Sie hatten gelesen, genau an dem Tag, an dem sie in Granada sein würden, sei ein Markt, der nur einmal im Jahr stattfände, und da müssten sie unbedingt hin. Manuel langweilte sich. Ein nahes Ende des Ausflugs war nicht in Sicht. Fast abwesend trottete er brav hinter seinen sichtlich angetanen Eltern her.

Er schaute sich nur halbwegs die Stände an oder nahm sie überhaupt nicht wahr. Doch auf einmal riss ihn ein bestimmter aus seinen Gedanken und weckte sein Interesse.

Er blickte sich um. Ursula und Frank versuchten verzweifelt, sich mit einem spanischen Verkäufer zu verständigen. »Mit Händen und Füßen...«, dachte er und war erleichtert, dass niemand ihn als deren Sohn identifizieren konnte. Er sah, dass dieser Kommunikationsversuch noch einige Zeit in Anspruch nehmen würde, also nutzte er die neu gewonnene freie Zeit, um sich den Stand genauer anzuschauen.

Scheinbar willkürlich zusammengestellte Sachen waren chaotisch auf einem schlichten Teppich auf der Erde ausgebreitet: Gitarrensaiten, eine kleine Engelsstatue, Tomaten aus spanischen Anbaugebieten, ein paar Flaschen Weißwein und alte Bücher. Ein kleiner, etwas gebrechlicher Mann hockte auf einem Sitzkissen und trank Tee. Neben ihm die Teekanne und die Hitzequelle. Manuel fragte sich, wie man mit so einer mickrigen Flamme überhaupt irgendetwas zum Kochen bringen konnte. Außer die Geduld. Doch was seine Aufmerksamkeit wirklich auf sich zog, waren die Bücher. Er bemerkte ein seltsames Exemplar mit einem braunen Einband, auf dem nicht ein einziger Buchstabe zu finden war. Ledrige Seiten, er blätterte ein wenig.

»Aha... Eine gute Wahl...«, zischelte der Alte verwunderlicher Weise auf holprigem Deutsch. Manuel stutzte einen Moment. Mit deutschen Wortfetzen hätte er nicht gerechnet – er dachte zunächst, er hätte sich verhört.

»Woher wissen sie –« Doch der Alte symbolisierte ihm mit einer Geste, dass er schweigen solle.

»Ich schenke dir das Buch, wenn du willst«, sagte er mit rauer Männerstimme. Manuel schien das Ganze ein wenig suspekt. Ein mindestens achtzig Jahre alter Mann hielt ihm ein Buch entgegen und grinste ihn fast schon glückselig mit mehr Zahnfleisch als Zähnen an. Doch nach Momenten des Zögerns beschloss er, das Geschenk anzunehmen. Er nahm das Buch genauer in Augenschein. Schlagartig fiel ihm ein, dass er seine Eltern vergessen hatte, oder vielmehr, dass sie ihn vergessen hatten. Er drehte sich um und wäre beinahe mit seinem Vater zusammengestoßen. »Junge, wo warst du denn? Deine Mutter macht sich schon Sorgen.« Manuel rollte mit den Augen. »Sie ist schon am Auto. Ich bin noch mal zurückgelaufen. Los jetzt!« Seinem Vater war das Buch gar nicht aufgefallen. Andererseits hatte Manuel von ihm auch nichts Anderes erwartet.

Abends, als alle Arbeit erledigt war, machte Manuel es sich in seinem kleinen Zimmer im Ferienhaus unweit von Granada bequem. Er brannte schon richtig darauf, endlich mit dem Lesen zu beginnen. Öfters erinnerte er sich an den kleinen Mann vom Markt, und er hätte gern länger mit ihm geredet. Doch jetzt wandte er sich seinem Buch zu. Die ersten zwei Seiten waren leer. Erst auf der dritten stand etwas:

»Vergiftete Saiten«

Der Titel wahrscheinlich. Ein seltsam gewählter Name, unter dem man sich nur schwer oder mit viel Fantasie etwas vorstellen kann. Er blätterte nur kurz weiter und erreichte den Anfang des Buches. Ab der ersten Seite wusste er, dass er noch weit in die Nacht hineinlesen würde.

Alejandro Rubén Olívar standen Schweißperlen auf der Stirn und war ganz außer Atem. Er stellte seine zwei kleinen, aber doch schweren Koffer und seine Gitarre auf den Boden ab, kramte aus der Tasche seiner ockerfarbenen Wollweste den schon leicht angerosteten Schlüssel heraus und schloss die leichte Holztür auf. Mit einem Knarzen öffnete sie sich. Fahles Dämmerungslicht fiel in das dunkle Landhaus ein. Der Geruch der Felder um ihn herum drang ein, sodass er sich mit dem Holzgeruch des Hauses zu einer angenehm würzigen Mischung zusammentat.

Alejandro trat vorsichtig ein, nach dem Lichtschalter tastend. Schließlich flackerte die Lampe an der Decke auf und bestrahlte den Innenraum. Er platzierte seine Gepäckstücke. Daraufhin ließ er seinen Blick schweifen. Das Haus bestand aus einem großen Wohnzimmer mit ein paar kleinen Nebenräumen. Es war eher karg ausgestattet. In einer Nische standen ein Ofen mit Herdplatte sowie Haken aus Holz für Küchenutensilien; die Küche war ein Teil des Wohnzimmers. Sonst war noch ein braunes Sofa, ein Esstisch, zwei Stühle und Säcke mit Getreide und Gewürzen zu finden. Alejandro trat über den Steinboden, der mit Teppichen ausgelegt war, zu einem schmalen Fenster hin. Die Scheibe war schmutzig. Sie legte einen gräulichen Schleier über die Landschaft, die sich vor Alejandros Augen erstreckte. Olivenbäume säumten die Hügel. Wind kam auf, die Bäume unterwarfen sich seiner Kraft. Es herrschte eine seltsame, nach innen gewandte Stimmung.

Durch das gekippte Fenster wehte der kalte Wind in das Haus und umspielte Alejandros Gesicht. Es pfiff an den Holzbalken, die das Dach stützten. Ein fürchterliches Heulen erklang. Alejandro schauderte. Sein Blick wurde immer leerer. Er fühlte sich nicht wohl. Er tat es leichtfertig ab, schob es einfach auf seine wahrscheinliche Überanstrengung, doch tief im Inneren wusste er genau, was das war. Kein Schwächeanfall. Es wurde immer heftiger. Er konnte diese Gedanken nicht mehr länger unterdrücken. Zitternd am ganzen Körper vergrub er sein Gesicht in den Handflächen, sank auf die Knie und stieß ein leiderfülltes Schluchzen aus. Die Vergangenheit holte ihn mit einer beängstigenden Heftigkeit wieder ein. Seine alte Heimat, seine Wurzeln… Das Heulen des Windes verband er mit der schmerzlichsten Erinnerung: Er musste sie verlassen. Das Heulen klang fast genauso wie das Ihre an jenem Tag. Die wärmste Liebe der Welt konnte er vor kurzer Zeit noch an seiner Seite wissen. Bei dem Gedanken, meilenweit von ihr entfernt zu sein, erschien ihm diese Distanz wie eine unüberwindbare, dunkle Schlucht, die kein Licht aufhellen könnte. In diesen Stunden übertrug Alejandro all seinen Kummer in ein anderes Medium. In Musik. Wenn er in solchen Momenten auf seiner Gitarre spielte und die Augen schloss, tat sich vor seinem inneren Auge ein Bild auf.

Er beobachtet sich beim Spielen selbst. Seine Emotionen sind blau schimmernde Fäden, die in seinem Kopf zirkulieren und nicht entweichen können. Aber sobald er zu spielen beginnt, fließen die Fäden das Gesicht hinunter, den Hals entlang. Sie wenden sich einige Male in seiner Brust; von dort teilen sich diese Emotionsstränge, rauschen durch beide Arme, gelangen zu den Fingern und erfüllen bei Kontakt die Saiten seines Instruments. Sie steigen immer weiter den Steg empor, vereinen sich wieder, bis sie aus der Spitze der Gitarre herausbrechen, und damit aus Körper und Seele.

Die tiefste Nacht war schon hereingebrochen, doch im Haus brannte noch ein kleines Licht. Alejandro saß an seinem Schreibtisch, mit Papier vor sich ausgebreitet und Feder und Tinte bereitgelegt. Er wollte einen Brief schreiben. Es wäre wieder die erste Kontaktaufnahme mit ihr. Ein Lebenszeichen. Sie und er waren kurz vor dem Abschied ein Versprechen eingegangen, sich Briefe zu schreiben, um den Kontakt nie verebben zu lassen. Er hatte sich dies zu seiner Pflicht gemacht. Und so schrieb er. Im Bett liefen stille Tränen entlang seiner Wangen auf sein Kopfkissen.

Die matte Morgensonne entsandte ihre Vorboten eines klaren und warmen Tages im ganzen Tal. Alejandro Rubén ließ sich sein Gesicht bescheinen. Wärme erfüllte seinen Leib. Kleine Tröpfchen benetzten das Gras, es schien über Nacht geregnet zu haben. Er nahm einen kräftigen Atemzug. Würzige Luft. Er liebte schon jetzt diese Luft in seiner Wohngegend. Dieser Morgen stand im erstaunlichen Kontrast zum vorherigen Abend, aber Alejandro machte sich darüber keine Gedanken.
Zwei Dinge waren für jenen Tag geplant: Er musste das ganz in der Nähe gelegene Dorf aufsuchen und sich, am besten beim Bürgermeister höchstpersönlich, für das Haus bedanken. Es war ja schließlich

nicht selbstverständlich. Als zweites natürlich die Arbeit auf den Feldern, denn die Pflege der Bäume benötigte eine gewisse Dauer. Zudem war bald Erntezeit. Doch zuerst widmete er sich seiner ersten Aufgabe. Er ging zurück in sein Haus. Nachdem er ein paar Sachen in ein Beutelchen gepackt hatte, machte er sich auf den Weg.

Als er auf dem höchsten Punkt des Hügels stand, verweilte er kurz. Der Anblick war wunderschön. Rechts war der schillernde Fluss zu sehen, dessen Wasser im gleißenden Sonnenlicht funkelte, als ob Funken sprühten. Vor ihm erkannte er schemenhaft die ersten Häuser des Dorfes. Den Beutel schulternd ging er weiter, neugierig auf die Menschen, die dort lebten. Endlich durchquerte er das alte Stadttor, und bezaubernde Gassen, in denen reger Betrieb herrschte, boten sich ihm.

»Entschuldigen Sie«, fragte Alejandro einen Passanten höflich, »wo finde ich hier den Bürgermeister?«

»Sind Sie nicht derjenige, der diese Hütte draußen auf den Feldern gestellt bekommen hat?«, sinnierte der Gefragte.

»Ach so, ja, das Haus des Bürgermeisters befindet sich am anderen Ende des Dorfes. Wenn Sie diesem Weg folgen, kommen Sie automatisch hin. Er dürfte sogar daheim sein. Wissen Sie, er ist ein vielbeschäftigter Mann.«

Dankend und sich verabschiedend folgte er dem ihm geschilderten Weg. Tatsächlich, nach wenigen Minuten Fußmarsch kam er am Bürgermeisterhaus an.

Es machte einen prächtigen Eindruck. Um zur Eingangstür zu gelangen, musste man einen Vorgarten durchqueren. Das Gras war so akkurat geschnitten, sodass, begäbe man sich auf Augenhöhe, man keinen einzigen Grashalm hervorstehen sehen könnte. Alejandro schritt nun zur Tür hin. Er konnte »Bürgermeister José Gómez« auf der Klingel lesen. Als das Läuten erklang, erwartete er, dass es nicht lange dauern würde, bis jemand öffnete, wenn er ja so ein beschäftigter Mann sein sollte. Er hat sicher viele Angestellte unter seinen Fittichen. Viele Glocken ertönten im Kanon und gaben eine nette Harmonie von sich. Dennoch wartete er. Nicht einmal Schritte, die sich der Tür nähern sollten, konnte man vernehmen. Alejandro wollte sich schon umdrehen und gehen, doch da ging die Tür auf.

»Ah! Wer besucht mich denn da!«

Ein Mann, kleiner als Alejandro, aber mit doppelt so großem Bauchumfang und Halbglatze grinste übertrieben aus dem auffallend niedrigen Türrahmen heraus. Die Herren kannten sich bereits flüchtig.

»Guten Tag, Señor Gómez, ich –«
»Ach, nennen Sie mich José!«, fiel der Bürgermeister ihm ins Wort.
»Kommen Sie einfach herein, Alberto. Lassen Sie uns drinnen reden!«
Alejandro war verdutzt und drehte sich etwas verwirrt um, ob auch wirklich er gemeint war. Er kümmerte sich nicht weiter um die Namensverwechslung und folgte dem kleinen Dicken in die Villa hinein.
»Lassen Sie uns ihr Anliegen in meinem Arbeitszimmer bereden«, sagte er mit seinem schrumpeligen Zeigefinger geradeaus deutend. Sie wanderten den Flur entlang. Ein Dutzend José Gómez-Portraits beobachteten sie von rechts und links. Qualifizierungen und Auszeichnungen prangten an den Wänden. Deren Zweck erschien Alejandro aber nicht nur zur Füllung der Zwischenräume, sondern auch zur Demonstration seiner Tüchtigkeit. Jetzt stellte sich ihnen eine rote Flügeltür entgegen. Ein

goldenes Namensschild gab Auskunft über denjenigen, der in dieser Räumlichkeit das Dorf verwaltete. Sie traten ein. Es roch nach edlen Zigarren.

»Señor Gó –« Er verbesserte sich schnell. »José, ich will keinesfalls unhöflich wirken, wenn ich mich gleich wieder auf den Weg mache. Ich wollte mich lediglich bei Ihnen bedanken, für das Landhaus...«

Alejandro hatte eigentlich nicht vor, so höflich zu werden, doch so konnte er seinen wirklichen Eindruck von dieser Person verbergen. Dieser Mann hatte etwas Bedrückendes und Unsympathisches an sich. Die Halbglatze war wahrscheinlich stressbedingt oder so etwas. Der Bürgermeister winkte ab und nahm in seinem Chefsessel Platz.

»Ich war gerne hilfsbereit. Es ist eines meiner goldenen Prinzipien, zu helfen, wo es nur geht. Insbesondere als Bürgermeister dieser kleinen, aber feinen Dorfgemeinschaft. Um mich über Ihre Lebensverhältnisse und ihr Wohl zu erkundigen, werde ich Sie demnächst besuchen kommen und mich ein wenig umschauen.«

Seine Augen funkelten bei diesem Satz seltsam hinterlistig. Doch vielleicht hatte Alejandro sich das nur eingebildet.

»Äh ja, Sie dürfen ruhig wieder gehen, wenn das

alles war. Ich weiß nicht, was Sie sonst noch heute vorhaben. Sie müssen Ihren Tag gewiss nicht bei mir im Büro verbringen. Gehen Sie ruhig, mein Guter!«

Alejandro erhob sich. Zielstrebig ging er durch den langen Flur wieder zur Tür hinaus. Wie gut die frische Luft auf einmal wieder tat.

Spätnachmittag. Alejandro Rubén hatte seinen flachen Liegestuhl aus dem Haus geholt und lag nach der wärmenden Sonne ausgerichtet entspannt darauf. Er spielte auf seiner Gitarre ein Stück, das auf seinen Feierabend hinwies. Feierabendmusik eben. Er glaubte an die fördernde Auswirkung von Musik. So spielte er jeden Tag seinen Olivenbäumen etwas vor. Wie Dünger sollte sie wirken, um den Bäumen zu voller Frucht verhelfen. Er liebte diese Zeit des Tages. Das Ausruhen nach der Arbeit tat ihm gut. Er hatte große Lust, sich in seiner überschaubaren Küche einen Tee zuzubereiten.

Nachts dachte Alejandro zum ersten Mal nach seinem Besuch in der Stadt wieder über Bürgermeister José Gómez nach. Seine Aura störte ihn. Außerdem fragte er sich, wie dieser Mann in so einer Gegend solch ein Anwesen errichten konnte und wie er sich überhaupt als kleiner Bürgermeister ein Vermögen derartigen Ausmaßes anhäufen konnte. Diese Fragen beschäftigten ihn noch eine Zeit lang. Müde versank er dann schließlich in die Welt der Träume. Das Leben lief für Alejandro weitestgehend angenehm ab. Die Musik, der Tee und die Entspannung wurden regelrecht zum täglichen Ritual, auf das er sich verlassen konnte, mit Ausnahme am Wochenende. Da ging er in das Dorf, um einzukaufen. Außerdem ließ er dann die Arbeit auf den Feldern ruhen.

Freitag. Wieder einmal saß Alejandro nach seiner Arbeit im bequemen Liegestuhl und spielte. Versunken in den Klängen seiner Gitarre bemerkte er nicht, dass sich eine Person näherte. Ein rundlicher, etwas kleingeratener Mann mit einer dicken Zigarre watschelte auf einem Trampelpfad durch die Wiesen. Kurz vor dem Landhaus stoppte er kurz und horchte. Er konnte Musik vernehmen. Gute Musik! Plötzlich angespornt eilte er nun den Weg entlang, sofern es seine kurzen Beine zuließen. Den Weg bis zum Haus hatte er nicht mehr so anstrengend in Erinnerung. Er hatte wirklich zu kämpfen. »Alfredo! Sind Sie das?«, rief Bürgermeister José Gómez außer Atem. Überrascht schaute sich Alejandro um, und als er José sah, war ihm klar, dass wieder einmal er gemeint war.

»Mein Name ist Alejandro. Alejandro«, wiederholte er mit Nachdruck. »Und bitte rauchen Sie hier nicht!« José rang immer noch nach Luft.

»Ja, wie auch immer, ich bin gekommen, um mal nach dem Rechten zu sehen; ich hatte mich ja neulich angekündigt. Sie haben es sich schon recht gemütlich gemacht, wie ich sehe.«
Doch der Bürgermeister schien weniger interessiert an Alejandros Wohnverhältnissen.

»Mein Lieber«, begann er mit einem einschleimenden Unterton, »waren Sie das eben? Ich meine das mit der Gitarre! Ach, wer sonst hier?«
Er schien irgendwie aufgeregt. Alejandro entschied sich, einfach zu nicken, um zu sehen, worauf José Gómez hinauswill.

»Sie haben unglaubliches Talent! Ein Jammer wäre das, wenn ihre Musik unentdeckt und ungehört bliebe. Was würden Sie zu einem Auftritt bei uns im Dorf sagen?«
Alejandro stellte sich dieses Angebot in seinen Gedanken vor, war aber dennoch skeptisch.

»Wird dafür Eintritt verlangt werden? Ich habe und werde nie für Geld spielen, damit das klar ist. Denn so gern ich auch mit meiner Gitarre vor Leuten spiele, will ich meinen Unterhalt auf eine andere Art verdienen. Meine Musik soll nichts kosten.«

José Gómez schwieg. Nach diesem moralischen Exkurs schien er ein bisschen enttäuscht. Alejandro meinte, Anflüge von Wut aus seiner Miene herauslesen zu können. Doch José bemerkte den musternden Blick und verzog die Miene wieder in den Normalzustand. Zur Abrundung setzte er ein schwaches Lächeln auf.

»Seien Sie sich sicher, ich werde kein Geld im Gegenzug Ihrer Darbietung verlangen. Ich bin lediglich an der Bekanntmachung Ihres Talents interessiert. Wahre Kultur ist in unseren Graden verkümmert.« Nachdenklich wandte Alejandro seinen Blick ab. José wühlte einen Moment in seiner Tasche und zog eine schmale Schatulle sowie ein Feuerzeug heraus. Er zündete sich die Zigarre an und nahm einen kräftigen Zug. Dabei fiel etwas glühende Asche auf den trockenen Boden. Kleine Grashalme begannen zu glimmen. Als Alejandro den Rauch roch, sprang er erschrocken auf.

»Passen Sie doch auf! Nicht rauchen!«

Er sputete zu der Stelle, an der die Asche hingefallen war und trat sie energisch aus. Der Bürgermeister war verdutzt. So eine Reaktion hätte er nicht erwartet.

»Feuer ist hier gefährlich! Wissen Sie eigentlich, wie schnell sich ein unkontrolliertes Feuer hier ausbreiten kann? Ich hasse offenes Feuer...« Er steigerte sich richtig hinein.

»Ist ja schon gut. Ich werde jetzt wieder gehen. Das Dorf, wissen Sie...«, murmelte der Bürgermeister vor sich hin. Er wandte sich zum Gehen. Alejandro kniete sich auf den Boden und betrachtete angespannt die leicht verkohlte Stelle, als ob er sichergehen wollte, dass das Feuer nicht plötzlich wieder ausbreche.

Sein Leben war von Gewohnheiten regiert, denn wie gewohnt pilgerte Alejandro jeden Samstag zu der Ansammlung von Briefkästen unweit des Dorfes in der Hoffnung, dass sie ihm zurückgeschrieben hätte. Und an jenem Tag sollten sich die Märsche endlich bezahlt machen. Tatsächlich konnte er in seinem Briefkästchen einen Umschlag entdecken. Endlich. Er wusste sofort, dass der Brief von ihr kam. Eilig rannte er den Weg zu seinem Haus zurück, aufgeregt, was sie geschrieben hatte. Nachdem er angekommen war, riss er die Tür auf und verzog sich in sein Zimmer. Das Briefpapier roch sogar noch nach ihr. Als er zu lesen begann, kullerten Tränen seine hochroten Wangen hinunter. Ein stilles Schluchzen gab er von sich.

Die Zeit verrann wie im Fluge. Kaum begannen die Werktage, so kam es ihm vor, als war die Woche schon wieder vorbei. Ehe sich Alejandro versah, war es bereits Samstag. Wie an jedem Wochenende besuchte er das Dorf, um Einkäufe zu erledigen und danach in seinen Briefkasten zu schauen. Als er durch die Gassen des Dorfes schlenderte, fiel ihm ein Plakat auf. Er konnte erst nicht erkennen, was auf dem Plakat abgebildet war. Alejandro trat näher hin. Seine Augen wurden groß, als er lesen konnte:

Morgen am Marktplatz:

Premiere des unentdeckten Gitarrentalents
Virtuose Antonio Olívar

Beginn: Sonnenuntergang

Mit Unterstützung des Bürgermeisters

Eintritt ist natürlich frei!

Es komme, wer wolle!

Verärgert überlegte Alejandro, wie oft er bereits von José Gómez umgetauft wurde. Den Nachnamen konnte er sich wenigstens merken. Ein toller Anfang. Wenigstens war kein Geld im Spiel. Nachdenklich trottete er weiter.

Nach ein paar weiteren Geschäften war er endlich wieder daheim. Auf dem Rückweg hatte Alejandro beide Seiten seines geplanten Vorspiels im Dorf abgewogen. Aber als er sich ins Gedächtnis rief, was José Gómez gesagt hatte, dass er Talent hätte und seine Musik eine erfreuliche Abwechslung im monotonen Alltag sei, beschloss er, wie gewünscht mit seiner Gitarre zu erscheinen. Nach und nach fand er immer mehr Gefallen an der Sache. Er wiederholte sogar noch einige Stücke.

Endlich war der große Tag da. Mit seiner Gitarre im Schlepptau ging er in Richtung Dorf los. Er war überraschender Weise kaum nervös, obwohl sein letzter Auftritt lange Zeit zurücklag. Er hatte sich sorgfältig ein Programm zurechtgelegt. Es vereint Stücke von bedeutenden Gitarrenkomponisten mit einer Auswahl eigener Kompositionen aus seiner früheren Jugendzeit. Er war früher so ein leidenschaftlicher Gitarrenspieler gewesen. Hoffentlich war diese Eigenschaft über die Jahre noch immer vorhanden.

Pünktlich, als die Sonne am Horizont stand, erreichte er den Marktplatz. Bänke waren kreisförmig ausgerichtet. Im Zentrum des Kreises befanden sich lediglich ein Stuhl, neben dem ein kleiner Schemel hingeschoben wurde. Als Alejandro in seiner Kleidung für besondere Anlässe erschien, ging ein Murmeln unter den gespannten Dorfbewohnern herum. Ein anständiges Leinenhemd mit hochgekrempelten Ärmeln, braun. Besonders stolz war er auf seine Hose. Weit geschnitten; gerade zum Gitarre spielen sehr bequem. Auf der vordersten Bank erspähte er José Gómez. Er winkte dezent. Dabei fiel Alejandro auf, dass er nicht allein war. Es saßen noch drei weitere Männer da. Sie hatten edle Anzüge an und waren allesamt mit Kinnbärten versehen.

»Vermutlich irgendwelche einflussreichen Manager aus Granada. Würde ja passen…«, dachte Alejandro. Doch nun trat er zu seinem Stuhl hin, setzte sich darauf und platzierte sein Instrument in der richtigen Position.

Unzählige Augenpaare sahen ihn an, unzählige Ohrenpaare warteten darauf, dass er endlich anfinge. Es war fast schon penetrant. Alejandro holte noch einmal tief Luft. Es juckte ihn bereits in den Fingern wie damals. Er setzte zum Spiel an.

Wie Wellen des großen Meeres brachen die musikalischen Schwingungen über den Köpfen der Leute zusammen. Es war totenstill. Außer der Gitarre war nichts zu hören. Keiner traute sich, auch nur einen Mucks zu machen. Es war wunderschön. Seine einwandfreie Technik und Varietät in der Klangfarbe brachte sogar die zunächst Kritischen zum Verstummen. Ein wundervolles Stück, allerdings durchaus nicht leicht zu interpretieren. Doch das meisterte er souverän. Als das Stück zu seinem dramatischen Höhepunkt gelangte, fieberten manche geradezu mit der Musik mit. Die Rührung war jedem ins Gesicht geschrieben. Wie ein fließender

Bach strömte die Musik aus seinem Instrument, der Quelle seiner Kunst und Inspiration. Das Stück plätscherte langsam zum Ende dahin.

Alejandro dämpfte die Saiten schließlich ab. Die Leute saßen einfach nur da. Sie starrten ihn ungläubig an. Er hätte wenigstens ein bisschen Applaus erwartet und wollte schon aufstehen, als plötzlich alle in Jubel ausbrachen. Es wollte schier nicht mehr aufhören. Dies blieb bei keinem Einzelfall. Fürs Erste hatte Alejandro sechs Lieder geplant, in A-Moll, in D-Moll, in E-Dur, stolze, charakteristische iberische Passagen; bei ausnahmslos jedem Lied wurde er gefeiert. Die Menschen verlangten Zugaben, doch der Bürgermeister schritt ein, um die Masse zu beruhigen. Er klopfte ihm anerkennend auf die Schulter und wandte sich den feinen Herren zu. Auf deren Gesichtern war ein Lächeln zu sehen. Sie gaben sich einander kräftig die Hände. Alejandro drehte sich mehrmals um sich selbst, um alle Menschen ansehen zu können, wie sie die Hände nach ihm ausstreckten und zuriefen. Er war wieder da. Zurück aus der Versenkung, quasi. Zufrieden packte er seine Gitarre ein, verharrte noch einen kurzen Moment und ging vom beleuchteten Platz in die Nacht hinein, auf den Weg zurück in sein

Haus. Vereinzelte Rufe waren noch zu hören. Stolz grinste er in sich hinein. Er war wieder motiviert. Er hat seine Berufung wieder neu entdeckt: eine persönliche Renaissance.

Beseelt von jenem Ereignis schrieb Alejandro erneut einen Brief, in dem er ihr alles erzählte, was er bereits erlebt hatte. Auf seltsame Art und Weise ließ die Nacht am besten seine Worte fließen. Die Tinte wurde schon knapp, als er schließlich fertig war. Er hielt das Papier für einen kurzen Moment noch in der Hand. Er hätte wieder große Lust gehabt, einfach loszuweinen, aber er riss sich zusammen und unterdrückte den Kummer. »Wie es ihr wohl geht…«, fragte er sich immer öfter. Doch Alejandro vermutete, dass ihre Antwort nicht sehr lange auf sich warten lasse. Er kannte sie.

Der Lichtkegel der aufgehenden Sonne erfasste nun endlich Alejandros Augenlider. Sie weckte ihn mit funkelndem Glanz. Die goldenen Sonnenstrahlen waren in sein Ruhezimmer eingefallen und nahmen alle Oberflächen in Besitz. Alejandro liebte diese Art zu erwachen. Kein Wecker. Niemand, der ihn störte. Als ob ein kleines Engelsgeschöpf ihm sanft mit Samthandschuhen die Augenlider hochzog. Er richtete sich auf und schaute sich sein Zimmer genauer an. Wenn er überlegte, hatte er sich nie großartig viel Zeit genommen, um sein Haus näher in Augenschein zu nehmen. Es hingen orangene Gardinen am Fenster. Ein Vorhang war zugezogen, sodass sich dort das Sonnenlicht in warme, wüstenrote Strahlen verwandelte. In der Ecke ruhte sein Instrument. Seine Anmut verzauberte Alejandro jedes Mal, wenn er es erblickte. Nach kurzen Momenten des Verharrens brachte er die nötige Selbstdisziplin auf, endlich aufzustehen. Nach einem kurzen Frühstück riss er die Tür auf, um der Morgenluft Einlass in sein Haus zu gewähren. Als Alejandro einen Schritt nach draußen setzte, erschrak er. Es klang, als wäre er auf etwas gestiegen. Er beugte sich nach unten. Es war ein Briefumschlag, mit keinem Geringeren als José Gómez als Absender. Das Siegel des Bürgermeisters war sehr gewissenhaft auf das Couvert angebracht. Also ging er zum Esstisch hinüber, setzte sich langsam hin und griff zu einem kleinen Messer. Er stellte schon Vermutungen an, als er den leicht zerknitterten Umschlag öffnete. Still las er den Brief durch. Wortlos legte er das Schriftwerk nieder. Nachdem er ein paar Dinge in seine Tasche gepackt hatte, verließ er mit einem dezenten Lächeln sein Haus.

Der bekannte Glockenkanon. Doch diesmal dauerte es nicht lange, bis jemand die Tür öffnete.

»Mein kleiner Star ist endlich hier!« José freute sich richtig, Alejandro zu sehen. Nach einigen Formalitäten an der Eingangstür pilgerten sie wieder durch den endlosen Ruhmesflur. Kurz vor dem Büro fiel ihm ein neues Zertifikat auf. Es musste neu sein, denn nicht ein Staubkorn wagte die Urkunde zu trüben. Zeit, um sie sich anzusehen, hatte er nicht, er wollte den Anschluss höflichkeitshalber nicht verlieren.

»Nun«, begann José Gómez, nachdem sie in sein verrauchtes Arbeitszimmer eingetreten waren, »ausgezeichnetes Konzert, mein Lieber. Sie sind gut angekommen. Eine wirklich brillante Darstellung. Sie haben Talent! Die Leute waren begeistert, unzählige Anrufe gingen am nächsten Tag rein.«

Alejandro war zufrieden. Er genoss es, in solch hohen Tönen gelobt zu werden. José fuhr fort.

»Ich habe Ihnen einen Brief zukommen lassen, und da Sie jetzt hier sitzen, haben Sie ihn wohl gelesen. Wie Ihnen sicher aufgefallen ist, saß ich bei Ihrem Konzert nicht allein. Ich konnte drei wichtige Männer hierherbestellen:

Salvador Ramirez, Leiter der höheren Musikschule in Madrid, Ernesto Emilio Fernández und Beltran Aurelio Fernández, die Brüder und Mentoren des Kulturzentrums Málaga in der Abteilung Kunst und Musik. Ich habe viel Aufwand betrieben und ihnen eine erstklassige Premiere versprochen.« Er pausierte kurz. »Die sie wirklich bekommen haben.« Alejandro war aufgeregt. Er hatte gar keine Ahnung, was für Männer sie waren. Seine Vermutung an jenem Abend war ja untertrieben!

»Die Herren waren sehr angetan von Ihrer Spielkunst. Ergo ist hier die Nachricht, weswegen ich Sie eigentlich herbestellt habe: Diese Personen haben weitere Auftritte in die Wege geleitet!«

»Wieder hier im Dorf?« Er hoffte auf mehr, wollte aber keinen prahlenden Eindruck erwecken.

»Oh nein… Sie werden am nächsten Wochenende in Granada spielen!« Alejandro war begeistert.

»In Granada?! Das…das ist…ja fantastisch! Wann und wo?«

Er war noch nie in Granada gewesen, obwohl er nun schon ein Weilchen in der Umgebung lebte. Granada, die nächste Stufe des Aufstiegs. Ihm war nach einem Freudentanz zumute, doch wäre es etwas lächerlich, ihn im Büro des Bürgermeisters aufzuführen. »Oh ja, mein Lieber. Sie werden sich kommenden Freitag mit mir bei Sonnenaufgang hier treffen. Mit einem Bus gelangen wir nach Granada. Dann, nachdem wir die wunderschöne Stadt und einige Sehenswürdigkeiten besucht haben, spielen Sie bei Anbruch der Dämmerung auf dem Marktplatz. Fürs Erste. Ich glaube Folgendes: Wenn wir zusammenarbeiten, kooperieren, dann würden Sie es noch weit bringen. Glauben Sie mir.«

Er war wieder da. Jetzt endgültig. Der Auftritt im Dorf hat anscheinend wie ein Funke gewirkt, der auf trockenes Stroh springt. Das Feuer der Leidenschaft war wieder entflammt und nährt sich von seiner Musik. Seine Meinung von José Gómez hatte sich in letzter Zeit ziemlich verändert. Er hatte so viel für ihn getan. Das Haus, die Arbeit, das Konzert… Seinetwegen konnte er nun in Granada spielen!

»Äh…José? Ich danke Ihnen sehr, aber ich möchte Sie noch an etwas erinnern. Nach wie vor werde ich nicht für Geld zu spielen, denn –«

»Ja ja« José Gómez stöhnte etwas genervt auf. Allerdings verstummte er sofort wieder. Er setzte ein gekünsteltes Lächeln auf.

»Selbstverständlich werde ich kein Geld verlangen.

Ist doch klar…« Alejandro erhob sich und wandte sich zum Ausgang.

Tiefste Nacht. Das Zimmer war in völlige Dunkelheit getaucht. Nur ein kleiner Punkt glimmte. Zigarrenasche rieselte in einen vergoldeten Aschenbecher. Rauch stieg auf.
»Alles ist bereit… Es kann also losgehen…« Eine garstige Stimme gegenüber kicherte hämisch.
»Jetzt geh, mein Diener.« Erneut glimmte die Zigarre auf, als José Gómez einen Zug nahm.
»Sí, sí…« Mit den Fingern knackend erhob sich die dürre Gestalt und verließ das neblige Zimmer.

Alejandro konnte es kaum noch erwarten, Granada zu sehen. Er hatte sich extra noch einmal im Dorfladen nach Broschüren und Reiseführern über die Stadt umgesehen, als er noch im Dorf verweilte. Er fühlte sich motiviert, was sich auch in der Art, wie er nun Gitarre spielte, zeigte. Er spielte ganz exakt und duldete nicht einen Fehler. Sollte es einmal vorkommen, dass ihm ein Fehler unterlief, brach er ab, um die Passage zu üben, bis sie konnte. Jetzt investierte er natürlich mehr Zeit in seine Gitarre als in die Arbeit auf seinen Feldern. Doch es ging nicht soweit, dass man sich Sorgen machen musste. Diese Woche zog sich für Alejandro Rubén ins Unendliche hin. Doch als auch endlich die Nacht auf Freitag hereinbrach, packte er Sachen ein, die er für den morgigen Tag benötigte. Den Schlüssel und etwas Geld verstaute er in einer schmalen Umhängetasche. Die Gitarre durfte natürlich nicht fehlen. Nach getaner Arbeit huschte er freudig ins Bett.

Hellwach ging Alejandro in das Wohnzimmer, um sich mit den bereiteten Sachen zu beladen. Vorher noch eine dünne Jacke übergeworfen, ging er los, auf dem Weg durch die Felder. Der Weg erschien ihm lieblicher und vertrauter als sonst. Er ging kurz noch einmal in sich, um diese Vorfreude in den Griff zu bekommen. Er wollte sich ja zusammenreißen.

Der Bus folgte einer zauberhaften Straße. Der Motor dröhnte im Passagierraum, doch das lenkte Alejandro kaum ab. Gelbe Getreidefelder säumten die Gegend. An den Feldrändern sprossen weiße Zistrosen.

»José, was genau schauen wir uns an?« fragte Alejandro den Bürgermeister, der ihn zwischen dem Fenster und seinem massigen Körper einquetschte.

»Nun, ich hatte vor, den Rundgang etwas arabisch anzuhauchen. Wenn wir Granada erreichen, bietet sich bereits die ›Alhambra‹ Ihnen dar. Ein fantastisches Bauwerk, das im Mittelalter erbaut wurde. Gleich bei der Alhambra erstreckt sich das kleine Stadtviertel ›Albaicín‹, der älteste Stadtteil Granadas. Zuletzt das Zentrum der Stadt, die ›Catedral de Granada‹. Ich sage Ihnen, diese Stadt überschlägt sich fast vor Schönheit! Freuen Sie sich?«

Alejandro hörte ihm nur mit halber Aufmerksamkeit zu. Er nickte nur abwesend.

All seine Gedanken richteten sich in die Ferne. Berauschend. Einfach berauschend. Die Natur übte eine große Faszination auf ihn aus. Er liebte diesen Planeten. Inmitten der Schöpfung fuhren sie durch das Land, das sich von seiner wohl schönsten Seite präsentierte. Er kurbelte ein wenig das Fenster hinunter. Warme Luft, bestickt mit den Düften der Blumen und Gräser, strömte angenehm in das Innere des Kleinbusses hinein.

Sehen: die Sonne und das Land.
Hören: der Gesang des Windes.
Schmecken: die Würze des Windes.

Fühlen: die Luft und der Wind selbst.
Riechen: der Duft der blühenden Welt.

Mit allen seinen Sinnen konnte er das Befinden in der Welt so richtig auskosten. In solchen Momenten fand er seine Inspiration und Erfüllung. Und so sollte das Leben auch sein: wahrnehmen, wo man lebt, diese Urschönheiten schätzen zu lernen, andererseits auch zu arbeiten. Das Gleichgewicht macht das Leben angenehm, beides gehört dazu.

Nach dieser spektakulären Anreise hätte der Bus auch umdrehen und gleich wieder zurückfahren können. Wahrscheinlich hätte es Alejandro wenig gestört. Zu sagen, dass er keine Lust mehr auf die Stadt hätte, wäre übertrieben. Aber die Erwartung hatte sich deutlich gesteigert. Außerdem hatte er ja einen Auftritt! Und das ließ er sich natürlich nicht entgehen. Wie dumm wäre er gewesen!
Endlich konnte man die ersten Ausläufer Granadas erspähen. Alejandro lehnte sich aus dem Fenster des fahrenden Busses, Ausschau haltend. Kleine, urige Häuschen standen vereinzelt in der Gegend. »Wir sind fast schon da. Ja, man braucht nicht allzu

weit zu fahren, wenn man wie wir von Osten anreist.«, sagte José.

Alejandro schaute ihn kurz an, dann aber wieder nach draußen, um vielleicht schon den ersten Blick auf die Alhambra werfen zu können.

Der Bus verlangsamte allmählich seine Geschwindigkeit und hielt an einer kleinen Haltestelle an. Ein verrostetes, verbogenes Schild gab einer überdachten Bank die Bedeutung einer Bushaltestelle, die ohne jenes nicht unbedingt als solche identifiziert werden konnte. Sie schienen wirklich noch abseits des Stadtlebens zu sein. Alejandro atmete tief ein. Die frische Luft tat ihm gut.

»Nun gut, ich führe Sie von hier in die ›Alhambra‹. Los, los, wir haben vor ihrem Auftritt noch viel vor!«, drängte der Bürgermeister. Er war vorsichtig aus dem viel zu hohen Bus hinausgestiegen. Kaum war er draußen, fuhr der Bus mit hochdrehendem Motor weiter in Richtung Innenstadt.

»Wussten Sie eigentlich, dass der Name ›Alhambra‹ übersetzt die ›Rote‹ heißt? Das ist arabisch…«, dozierte José während des Fußmarsches. »Wieso die ›Rote‹? Ist das Bauwerk denn rot? Rote Steine, oder rote Farben?« fragte Alejandro wissbegierig.

»Nein, weder noch. Es ist, weil – « Der Bürgermeister unterbrach seine Unterrichtung. Alejandro hatte ihn an der Schulter gepackt und starrte mit offenem Mund geradeaus.

Sie waren angekommen. Da stand er, der Eingang der Festung. Im Nachhinein war er froh, dass der Bus nicht umgekehrt ist. Was für ein Anblick. Allein solche Torbögen hatte Alejandro noch nie zuvor gesehen. Mit Perfektion und schier riesigem Aufwand waren die prächtigen Bögen geschmückt, mit gold- und braunschimmernden Steinchen und Plättchen. Das war arabische Liebe zum Detail. Man konnte erkennen, dass der erste Bogen nicht der einzige war, der mit solch wunderschönen Ornamenten verziert wurde. Die ganze Anlage war ein einziges Schmuckstück. Es meisterte den Grad zwischen Festung und Kunstobjekt. Es war sowohl als auch.

Die beiden Männer gingen hinein. Die Sonne schickte ihre Strahlen durch riesige Fenster hindurch, sodass die Räumlichkeiten mit güldenem Licht durchflutet wurden. Die massive Steindecke erzeugte den Eindruck von einem sicheren, uneinnehmbaren Schutzgemäuer, doch trotzdem wirkte es irgendwie zerbrechlich und empfindlich. Sie schienen in den Himmel einzutreten, von so viel

Herrlichkeit umgeben. Es war einfach nur überwältigend. Muster in allen Farben, überall, wohin man seine aufgerissenen Augen auch hinbewegte. Perfekte Symmetrie.

»Beeindruckend, nicht wahr? Ich wusste, es würde Ihnen gefallen. Die Mauren errichteten diese Festung. Da man sich in der muslimischen Kultur kein Gottesabbild machen durfte, mussten sie ihre Bedürfnisse anderweitig ausleben. Also sind Ornamente und Kacheln zu Symbolen für die Kunstfertigkeiten dieser Leute geworden. Wie man hier unschwer sehen kann!«, fügte José Gómez hinzu.

Sie gingen weiter hinein. Vereinzelt standen Personen in den Fluren und unterhielten sich. Dann wurde es heller, und die zwei Männer gelangten wieder unter den freien blauen Himmel. Vor ihnen erstreckte sich ein lang gezogenes, rechteckiges Becken, hinter dem der große Torbogen den Durchgang in weitere Teile der Festung signalisierte. Alejandro war noch nie in einem solchen Bauwerk gewesen. Die Alhambra schien ihm uneinnehmbar, allein schon wegen der Lage auf einem Hügel. Sie strahlte ein Gefühl der Sicherheit aus. Er mochte vielleicht dies nicht ganz genau beurteilen können. Doch er fühlte sich zwischen den Gemäuern beschützt.

Zumindest vor äußeren Einwirkungen. Alejandro und José gingen an der langgezogenen Wasseranlage des Myrthenhofes entlang. Alejandro legte seinen Kopf in den Nacken und beobachtete den makellosen Kosmos. Der blaue Himmel lag gestützt auf den höchsten Türmen und deckte die Erde zu. Die hellgolden strahlende Sonne war der Mittelpunkt dieser Welt über den Köpfen der kleinen Menschen. Ihr Licht war eine Mischung aus spanischem Temperament und nordafrikanischem Feuer. Alejandro fiel eine seiner eigenen Kompositionen ein, für die er noch keinen Namen gefunden hatte. Er glaubte, nun zu wissen, wie das Stück heißen sollte: »Alegría Andaluza«.

So wandelten sie durch die Alhambra. Viel zu kurz, wie Alejandro empfand. Er hätte noch ewig weiter umhergehen können, als José zum Aufbruch drängte. Zum Schluss hin schien er sogar recht gelangweilt. »Nun, ich hatte ja ursprünglich noch einiges mehr geplant, aber wenn Ihnen das hier so gut gefallen hat, dann ist das ja in Ordnung. Trotzdem muss ich zum Aufbruch drängen, weil Ihr Konzert in Bälde beginnt«.

Alejandro hatte völlig die Zeit übersehen. Für ihn war aber jetzt schon klar, dass dies nicht der letzte

Besuch gewesen war. Ihn als Gitarrenkünstler inspirierte das Bauwerk in außerordentliche Art und Weise, insbesondere der Löwenhof. Torbögen mit goldenen, feinen Schuppen hüllten diesen Ort in eine glänzende Aura und verliehen Ihm Magisches. Er verstand die Wirkung der Alhambra nach und nach. Großmeister Francisco Tárrega musste hier auch für ziemlich lange Zeit verweilt haben, denn ein Meisterstück der höheren Gitarrenspielkunst wie sein »Recuerdos De La Alhambra« konnte nur an so einem Ort entstehen. Die neu erworbenen Eindrücke ließen Alejandro einen tieferen Einblick in die klangliche Gestaltung und die Beweggründe zur Komposition gewähren. Diese Erkenntnisse waren fantastisch. Ihm fiel mit einem gewissen Schrecken auf, dass er »Recuerdos De La Alhambra« zwar schon oft gehört, aber noch nie richtig gespielt hatte. Es packte ihn der Ehrgeiz, auch dieses Stück zu beherrschen; das Tremolo konnte er zum Glück bereits ziemlich präzise. Und eines Tages wird er dann im Löwenhof das Stück gespielt haben. Die Herren begaben sich nun auf den Weg zum Marktplatz. Die Gassen und Straßen Granadas waren wirklich schön. Andalusisches Flair. Der Marktplatz war zwar kleiner, als sich Alejandro Rubén vorgestellt hatte, doch immerhin größer als der im Dorf. Bänke waren zwischen den Obst- und Textilständen aufgebaut. Alles war reich geschmückt. Es machte durchaus was her. Laternen wurden entzündet und beschienen fahl das grobe Backsteinpflaster. Nach und nach kamen Menschen aus allen Himmelsrichtungen. Gedämpft miteinander redend setzten sie sich auf die Bänke zwischen den Palmen hin. Das Publikum hier war bewanderter, vielleicht auch informierter, und hatte höhere Erwartungen. Auf jeden Fall war es um einiges zahlreicher.

Die ersten Noten ertönten. Gänsehaut. Ein wunderbares Stück folgte dem nächsten. Sein Auftritt entpuppte sich als ein Querschnitt vieler berühmter Komponisten wie Tárrega, Granados und Albéniz. Doch abgesehen von diesen Meisterstücken der Klassik spielte er Folkstücke mit vertrauten Heimatklängen. So gelang ihm ein abgerundetes Gesamtwerk, das alle Zuhörer begeistern sollte. Unter anderem auch »Alegría Andaluza«, welches Alejandro nun stolz mit Titel ansagen konnte. Er zitterte während des Spiels etwas und war zweifelsohne aufgeregt. Diese Aufregung legte sich wirklich erst mit dem letzten Handgriff. Aber dann kam in ihm das wohlige Gefühl des Erfolgs aus der Bauchregion hoch. Alles in allem ein sehr emotionaler Abend. Der Beifall ehrte Alejandros Künstlerseele und rührte ihn sehr. Er liebte es einfach, das alles hier. Die Musik, die Menschen und die Anerkennung taten ihm gut. Die Bühne war für ihn fast wie ein zweites Zuhause, das sehr lange leer stand, aber jetzt wieder bezogen wurde.

»Wie ich es erwartet hatte! Ein phänomenaler Auftritt, Adriano!« Der Bürgermeister schwebte wieder auf Wolke sieben, obwohl er wahrscheinlich nur die Hälfte der Musik richtig wahrgenommen hatte, weil er erneut mit einem wichtig wirkenden Herrn angeregt im Gespräch gewesen war. Die meisten Leute waren schon gegangen. José klopfte mit seinen wurstigen Fingern anerkennend auf Alejandros Schulter.

»Ich heiße Alejandro! Weder Alfredo, noch Alberto, noch Adriano!«, schimpfte er, doch José Gómez hatte sich bereits abgewandt und war schon in der langsam eindämmernden Dunkelheit verschwunden. Ein leises »Kommen Sie endlich!« war noch zu vernehmen.

Tiefste Nacht. Das Zimmer war in völlige Dunkelheit getaucht. Nur ein kleiner Punkt glimmte. Zigarrenasche rieselte in einen vergoldeten Aschenbecher. Rauch stieg auf.

»Höre, mein Diener: Schritt eins war ein voller Erfolg. Wie lief es bei Dir?«

Nur ein hämisches Kichern gab das dürre Gerecke von sich.

»Ausgezeichnet. Fahre fort«, sagte José mit gedämpfter Stimme, »Bericht in zwei Tagen um dieselbe Uhrzeit. Verstanden?«

»Sí, sí, claro…«

Alejandro schrieb weiter. Er musste ihr alles erzählen, was seit seinem letzten Brief passiert war. Von seinem Erfolg in Granada und vom Bürgermeister José Gómez. Er konnte sich Tränen einfach nicht verkneifen. Sie fehlte ihm zu sehr. Eine kleine Kerze unter einem Glas mit Loch spendete ihm zusätzlich zum Licht auch etwas Trost. Er hatte ihr in letzter Zeit öfter geschrieben, doch bei jedem Mal bildete sich ein dicker Kloß im Hals. Er war noch nicht darüber hinweggekommen, dass es am besten für alle war, wenn er sich hier aufhielt. Doch vollkommen beklagen konnte sich Alejandro wahrlich nicht. Seine Karriere als Konzertgitarrist kam wieder langsam ins Rollen, der Bürgermeister konnte bestimmt noch den einen oder anderen Auftritt organisieren und er lebte nicht im Dreck. Trotzdem war es ein herber Verlust gewesen.

Der folgende Tag war angenehm mild für jene Jahreszeit. Früher Abend. Es klingelte wieder der altbekannte Kanon. Und er wartete, wie immer. Doch schließlich öffnete sich die niedrige Tür und José Gómez watschelte ein Stück hinaus. »Ah, der eifrige Gitarrist besucht mich, da freue ich mich! Kommen Sie schon endlich rein!« Der Bürgermeister winkte ins Interieur seiner Villa. Die langsam untergehende Sonne schickte ihre Strahlen schräg durch die großen Dachfenster. Sie durchwandelten erneut die Ruhmeshalle des kleinen Dicken. Es stank nach Eigenlob. Die wuchtige rote Flügeltür öffnete sich mit einem Luftschwall, der Alejandro den kurzen Mob verwuschelte. José mümmelte sich in seinen Chefsessel. Déjà-vu. Er zündete sich mit seinem großen Feuerzeug eine Zigarre an. Angesichts der Flamme wich Alejandro sogleich eine Fußlänge zurück. »Also, José, ich bin zu Ihnen gekommen, weil ich mich erkundigen wollte, ob denn schon wieder ein Auftritt geplant ist«, fragte er. »Bevorzugt in Granada…«, fügte er schnell hinzu. »Natürlich. Und ja, ich habe in der Tat ein Geschäft, äh, eine Gelegenheit zur Darbietung Ihrer Spielerei aufgetrieben.« Bei seinem Verhaspler wandte der Bürgermeister die Augen kurz ab. Aber das bemerkte sein etwas hibbeliges Gegenüber nicht wirklich. »Sie werden erneut in Granada auf dem Marktplatz spielen, doch diesmal bei Sonnenaufgang. Das ist sozusagen eine Konzertkombination »Gitarre abends und morgens«, die auf zwei verschiedene Bevölkerungsgruppen zielt. Ich hatte das so gedacht…«

Während die Männer über diverse Modalitäten diskutierten, öffnete sich knarzend eine Tür. Der Geruch der Felder drang hinein, sodass er sich mit dem Holzgeruch des Hauses zu einer angenehm würzigen Mischung zusammentat. Eine hagere, bucklige Person tapste vorsichtig hinein und schaltete eine kleine Lampe ein. Es war so still, dass sie sich selbst hatte atmen hören können. Sie schaute sich um und schlich vorsichtig in das Schlafzimmer. Schranktüren klapperten, Papier wurde durchwühlt. Ein leises Fluchen zischte durch das vollkommen stille Haus.

»Mierda...«

Der Schatten war darauf bedacht, keine Spuren zu hinterlassen. Er richtete die Sachen so hin, wie er glaubte, sie vorgefunden zu haben. Als das Gerecke anscheinend nichts Brauchbares fand, huschte es in das Wohnzimmer zurück und hielt inne. Sein Augenmerk richtete sich auf den kleinen Schreibtisch in der Ecke des Raumes. Es schritt zu dem Tisch hin. Doch alles, was dort lag, waren zwei leere Blätter Papier, eine Feder und ein halbvolles Gläschen Tinte. Fluchend verließ die Person das Haus. Das Licht wurde gelöscht. Die Tür fiel ins Schloss.

Alejandro goss den frischen Tee mit sprudelndem, kochendem Wasser auf. An der Oberfläche bildeten sich Bläschen und der obere Rand des Glases beschlug leicht. Trotz der großen Hitze draußen tat der erfrischende, süßliche Minzetee aus Marokko gut. Er hatte nach einem langen Arbeitstag wieder Feierabend und setzte sich im Wohnzimmer schräg vor sein Fenster. Das Glas stellte er auf einem schmalen Tisch neben seinem Stuhl ab. Er schaute über die Felder. Nach ein paar Tagen der Hausarbeit, vorrangig des Putzens, hatte die immer noch leicht matte Scheibe ihren grauen Schleier verloren und die Landschaft war fast unverfälscht zu genießen. Alejandro machte sich über alles Mögliche Gedanken. Da wäre die groß angelegte Ernte der ersten Hälfte der Bäume, bei der sogar ein Freund aus dem Dorf helfen wollte. Die Auftritte in Granada, die sich nach Berichten des Bürgermeisters äußerst verlockend anhörten. Er fragte sich, ob José Gómez seine Bitte, nun öfter in der Maueranlage, besonders im Löwenhof, spielen zu können, in irgendeiner Weise umsetzen konnte. Doch was dieser kleine, runde Mensch schon alles auf die Beine gestellt hatte, machte Alejandro zuversichtlich. Der Löwenhof hatte Alejandro vollkommen in seinen Bann gezogen. Der Höhepunkt schlechthin wäre natürlich, im Hof »Recuerdos De La Alhambra« vorzutragen. Allerdings müsste er dazu das Stück anständig beherrschen. Durch das Tremolo der Oberstimme wurde der Eindruck von dahinplätscherndem Wasser auf eine außergewöhnliche und Sehnsucht erweckende Art kreiert. Doch man muss einmal dieses epische Meisterwerk gehört haben, um nachvollziehen zu können, warum sich manche Menschen in diese Musik verliebt haben.

Er freute sich schon sehr auf den nächsten Auftritt morgens in der Stadt, da er diesen mit einem weiteren Besuch der Alhambra verbinden konnte. Des Weiteren hatte Alejandro Rubén das letzte Mal die Gärten von Generalife nicht besucht, geschweige denn überhaupt angeschaut. Diese Gärten zeichneten sich unter anderem durch viele kleine und große Wasserspiele aus. Ein Muss für den leicht botanisch angehauchten Musiker.

Tiefste Nacht. Das Zimmer war in völlige Dunkelheit getaucht. Nur ein kleiner Punkt glimmte. Zigarrenasche rieselte in einen vergoldeten Aschenbecher. Rauch stieg auf.

»Tengo unas informaciones...« hauchte die hagere Gestalt inmitten des dunklen, nebligen Büros in Richtung Chefsessel.

»Sehr gut... Brauchbare Informationen?

Etwas Konkretes?«, zischelte José zurück.

»Sí, pero... Necesito un día más. Es muy importante.«

»In Ordnung, mein Diener, Du sollst einen weiteren Tag nutzen können. Aber ich muss Dich warnen. Wenn Du dann immer noch so schlau bist wie vorher, wirst Du...«

José Gómez hielt für einen Moment inne und überlegte.

»Nein, ich werde Dich nicht bestrafen. Ich brauche Dich ja schließlich noch. Das wäre gänzlich töricht. Nimm dir ruhig noch vierundzwanzig Stunden.«
Er lehnte sich zurück und grinste zufrieden. Der Sessel beklagte die große Masse in Form von ächzendem Knarzen.
»Dann erzähle mir jetzt, was Du herausfinden konntest.«
Das Lächeln der buckligen Person war kein Lächeln, sondern eher eine Zurschaustellung abgefaulter Zahnstümpfe. Boshaft.

Das inzwischen vertraute Dröhnen des Motors unter Alejandros Sitzplatz dröhnte durch den gesamten Passagierraum. Obwohl der Bürgermeister und Alejandro den Weg nach Granada in der letzten Zeit mehrmals gefahren sind, war Alejandro jedes Mal abgelenkt gewesen. Die Landschaft war nie exakt dieselbe, sie hatte sich von Fahrt zu Fahrt ständig verändert. Es zeichnete sich ein schwach rötlicher Fleck auf seiner rechten Stirnhälfte ab, weil bei jeder Straßenunebenheit sein ewig nach rechts gedrehter Kopf gegen die Fensterscheibe stieß.

José Gómez tat sich schwer mit dem Ausstieg.

»Sie wissen doch, der Bus kann nicht noch weiter nach unten!«, witzelte Alejandro, während er schmunzelnd den Bürgermeister bei dem Versuch beobachtete, mit seinem Fuß Stand auf dem Boden zu finden.

»Das sagen Sie jedes Mal und es wird nicht unbedingt lustiger!«, erwiderte der Bürgermeister nur resigniert.

Alejandro war in der Stadt bekannt geworden. Seine Erfolge auf Konzerten sprachen sich überall herum. Ein Bekannter aus dem Dorf hatte sogar den Standort seines Briefkastens preisgegeben. Seitdem war das Innere des Kastens nie leer. Andere Leute bestanden darauf, dass Alejandro ihre teuersten Kleider bei Auftritten trug. Meistens waren dann Name und gegebenenfalls die Adresse des Geschäfts noch nachträglich darauf gestickt. Dies hatte sich Alejandro gerade noch eingehen lassen, aber Geschenke aller Art nahm er nicht an. Ganz zu schweigen von Geld.

Alejandro war durchaus ein wenig aufgeregt, denn nach Sonnenuntergang spielte er schließlich Tárregas »Recuerdos De La Alhambra« im Löwenhof.

Es war ein ganz besonderes Konzert, da nur das eine Stück vorgetragen wurde. José hatte gesagt, dass ein Künstler so etwas nur dann machen konnte, wenn er sich bereits einen Namen gemacht hatte.

Die Scheinwerfer rund um den Gitarrenspieler waren mit hitzebeständiger, lichtdurchlässiger Goldfolie überzogen. Im Zusammenspiel mit den maurischen Ornamenten fühlten sich die anwesenden Leute wie im gleißenden Zentrum des dunklen Himmels, dessen Wächter Wasser speiende Löwen darstellten. Alejandro selbst hatte so eine Atmosphäre selbst noch nie erfahren. Es war einer seiner größten Auftritte. Momente, die einzigartig waren. Dies war wahrscheinlich Alejandro Rubén Olívars Bestimmung.

»Die Kulisse ist perfekt!«

Vereinzelt saßen noch Menschen da, die miteinander tuschelten, doch der Hof war schon größten Teils leer. Alejandro legte seine Gitarre in seinen neuen Koffer, bestehend aus dunklem Leder mit einer roten Samtpolsterung. Eine Gabe vom Bürgermeister persönlich. Er erhob sich und ging bedächtigen Schrittes zu José Gómez hinüber, der sich in dem Moment von einem Herrn im Anzug verabschiedete. Als er Alejandro bemerkte, huschte ein Lächeln über sein Gesicht.

»Bevor Sie etwas sagen, würde ich gerne Ihnen etwas sagen. Oder vielmehr Ihnen zutiefst danken. Es ist fantastisch, wie Sie mich unterstützen und in Szene setzen. Ich bin zu großem Dank verpflichtet.« Bei Alejandros Schmeicheleien ließen José Gómez' Grinsen keinen Abbruch.

»Aber ich habe noch eine Frage«, fuhr Alejandro fort. Der Bürgermeister blickte überrascht vom Boden auf.

»Diese Lokalitäten kosten Geld. Wenn Sie keine Eintrittsgelder für meine Konzerte ansetzen, wie können Sie sie dann finanzieren? Die letzten waren mitunter die aufwändigsten, mehr als ich mir jemals vorgestellt hatte.«

Auf diese Frage war der Bürgermeister nicht gefasst. Er musterte Alejandro nur verdattert. Er überlegte kurz und antwortete dann schließlich.

»Ich… habe das von meiner privaten Kasse abgezweigt.« Winzige Schweißtropfen benetzten Josés Stirn.

»Wirklich? Das ist ja unglaublich aufopfernd von Ihnen!«

Am liebsten wäre Alejandro ihm um den Hals gefallen. Er hätte sich ein beträchtliches Stück bücken müssen, um den Nacken zu erreichen, aber zu nahe treten wollte er ihm auch nicht. Also beließen es der Gitarrenspieler und der Bürgermeister bei einem kräftigen Handschlag. So verließen sie die Festungsanlage, blickten noch einmal über das Lichtermeer der Stadt und machten sich auf den Weg zur Bushaltestelle.

Am folgenden Tag richtete Alejandro Schreibzeug zurecht und entfaltete das Papier. Seine kleine Kerze verscheuchte die Dunkelheit um ihn herum ein wenig. Er schrieb wieder. Er hatte ihr so viel Neues zu erzählen: Dass er nun einen Auftritt nach dem anderen in Granada hatte, und sogar einen in Málaga. Dass er wahrscheinlich der bekannteste Gitarrenspieler im Großraum Andalusien geworden war, dank der Bemühungen des Bürgermeisters des nahegelegenen Dorfes.

Es dämmerte schon, als Alejandro mit dem Schreiben fertig geworden war. Ein Brief mit Alejandros Sehnsüchten und stillen Tränen im Verborgenen, der von Herzen kam. Er beschloss, trotz der Dämmerung das Schriftwerk noch am selben Tage in den Briefkasten zu werfen. Er zog sich eine dünne Strickjacke, mit seinem Namen vorne an der linken Brust eingenäht, an und verließ das Haus.

Das Farbenspiel des Himmels war atemberaubend. Die Luft war klar wie selten zuvor. Alejandro hielt kurze Zeit inne und betrachtete fasziniert die violetten Schlieren, die mit hellgrünen und dunkelblauen Streifen vermischt wurden. Große Wolken, die sich in ihrer Länge irgendwann im Unendlichen verloren, schmückten die überirdischen Sphären mit mystischen Formen und Farbtönen. Beinahe hätte er den Brief vergessen. Er riss sich von dem Himmelsgeschehen los und machte sich auf den Weg zu den Briefkästen.

Von Weitem konnte er schon die sanft gewebte Lichterdecke des Dorfes erkennen. Die Sonne sank kontinuierlich tiefer, und als Alejandro schließlich das Dorf erreichte, war es Nacht geworden. Und spürbar kühler. Ihn fröstelte leicht und er beeilte sich, den Brief einzuwerfen. Auf einmal hörte er Stimmen, die langsam immer lauter wurden. Eine davon kam ihm ziemlich bekannt vor, die andere wiederum überhaupt nicht. Konnte es der Bürgermeister sein?

»Sehr schön, mein Diener. Gute Arbeit…«

Kein Zweifel, diese Stimme war dem Bürgermeister zuzuordnen. Doch was machte er um diese Uhrzeit noch draußen? Und wer die andere Person war, wollte Alejandro ebenfalls wissen. Diener wurde sie genannt, doch irgendwelche Angestellten von José Gómez hatte er noch nie zuvor gesehen. Seltsam, eigentlich. Jetzt war die Neugierde in Alejandro geweckt. Er huschte in das Buschwerk, das an der Straße seitlich brusthoch wuchs, und lauschte.

»Sí, escribe cartas a una señora…« Diese Stimme ließ Alejandro die Kopfhaare aufstehen. Grässlich, als hätte der Mann über Jahre hinweg dreißig Zigaretten am Tag geraucht, oder zwei Zigarren vom Bürgermeister.

»Bei mir läuft es gut, wie es besser nicht laufen könnte. Ich denke, er hat angebissen. Und hoffentlich hat sich der Köderhaken in seinem Mund verfangen.«

Alejandro stutzte und musste zuerst nachdenken, um zu begreifen, was José Gómez in jenem Moment gesagt hatte. Verwirrt entschloss er sich, den beiden Männern unauffällig zu folgen. Sie schienen in die Richtung der Bürgermeistervilla zu gehen. Fahles Licht hatte den Männern den Weg geleitet.

»Jetzt, mein Diener, ist der Zeitpunkt gekommen.

Wir werden damit reicher sein als mit all den anderen Geschäften, die wir am Laufen hatten. Pass auf, dass er es nicht merkt. Ich möchte kein Risiko eingehen. Bisher hat er zwar noch nichts mitbekommen, aber trotzdem.«

Alejandro wäre fast ein Laut ausgekommen. Wenn er das, was José Gómez zu seinem Handlanger gesagt hatte, richtig interpretierte, war nun eine wunderbare Illusion in Scherben zersplittert.

Alejandro konnte nicht schlafen. Er wälzte sich in seinem Bett hin und her. Er fand einfach keine Ruhe. Ihn beschäftigten die Worte von José Gómez noch sehr lange in die Nacht hinein.

Auch am darauf folgenden Morgen war Alejandro versunken in einem Meer aus Ungläubigkeit, Unsicherheit und Fragezeichen. Er sträubte sich gegen seine Mutmaßungen, dass der Bürgermeister vielleicht ein Intrigant sein könnte. Schließlich hatte er ihm so viel Aufmerksamkeit entgegengebracht. Doch nicht so viel, um sich Alejandros Namen merken zu können. Aber er hatte so viele Auftritte arrangiert und diese auch noch aus eigener Tasche gezahlt. Allerdings sprach er von einem profitablen Geschäft. Das war ein Konflikt sondergleichen. Er wusste wirklich nicht mehr, was er denken sollte.

Unzufrieden sah er für sich ein, diese Sache weiterhin beobachten zu müssen, damit Klarheit das Dunkel verdränge.

Eine Männerstimme riss ihn prompt aus der Gedankenwelt.

»Guten Morgen, Sie sind, ähm... Alejandro Rubén Olívar?« Der Angesprochene war noch ganz verdattert und blickte zu dem Mann irritiert auf.
»Hier, ich habe einen Brief vom örtlichen Bürgermeister.« Alejandro nahm den Briefumschlag entgegen und konnte kaum fassen, seinen amtlichen Namen zu lesen. Der Bote musste grinsen.
»Jetzt machen Sie schon auf. Ich habe auch so einen gekriegt.«

Mit diesen Worten machte der junge Mann Kehrt und ging wieder dorthin, von wo er hergekommen war. Erneut irritiert zog sich der Gitarrist in sein Landhaus zurück. Er hatte das Gefühl, jeder wolle ihn irritieren – als ob das jemandem Freude bereiten würde. Nichts desto trotz griff Alejandro zu einem kleinen Messer, ritzte den Umschlag auf und entnahm den Brief. Darauf stand:

Einladung

zu der Feier des Jahres im Anwesen des Bürgermeisters

*»Nach einiger Zeit des Trubels und der Aufregung ist
jetzt der Zeitpunkt gekommen, um
Alejandro Rubén Olívar,
den gefeierten Gitarristen Andalusiens,
zu feiern!«*

*Ort: der Festsaal in der Villa des Bürgermeisters
Zeitpunkt: am letzten Samstagabend dieses Monats
für reichliche Verpflegung ist gesorgt!*

Ihm ging mit einem Ruck ein Licht auf. Er setzte sich an seinen kleinen Esstisch und las die Einladung ein zweites Mal. Geniale Wortwahl. Die Verpflegung lag ihm wohl ganz besonders am Herzen. Der Bürgermeister hatte anscheinend eine Vorliebe, Veranstaltungen schriftlich kund zu tun. Alejandro war begeistert. Eine Feier, nur für ihn und für das, was er tat. Er drückte den Brief gegen seine Brust und jauchzte gen Himmel. Genau das fehlte ihm noch, um alles bisher Erlebte abzurunden. Seine Begeisterung intensivierte sich, als er feststellte, dass auch an dieser Stelle sein korrekter Name zitiert wurde. Er fragte sich, woher der Bürgermeister ihn überhaupt kannte. Aber das war in jenem Moment nebensächlich. Er musste sich »gefeierter Gitarrist Andalusiens« mehrfach auf der Zunge zergehen lassen. Der Stolz wuchs in ihm aus der Seele und überragte sein physisches Ich meterweit.

Alejandro hatte das Bedürfnis, Gitarre zu spielen. Er ging in sein Schlafzimmer und verweilte aber noch im Türrahmen, mit Blick auf sein scheinbar allmächtiges Werkzeug. Seine Gitarre bedeutete ihm alles. Er konnte sich nicht vorstellen, je wieder ohne sie leben zu können. Sie war der Leitfaden in seinem Leben, der an seinem Leib festgebunden war. Alejandro schritt zu seinem Instrument hin und nahm es behutsam in die Hand. Sofort nachdem er einen Fingerabdruck auf dem Gitarrenkörper entdeckt hatte, holte er ein Poliertuch, um das makellose Äußere zu konservieren. Die Fürsorge gegenüber dem Musikinstrument konnte mit derjenigen gegenüber eines Kindes sicher mithalten. Doch anstelle von Kleidern hortete er bevorzugt Gitarrenkoffer. Sehr oft durfte er nämlich für seine Auftritte Spezialanfertigungen einiger lokaler

Handwerksbetriebe benutzen und dann auch behalten. Somit häuften sich die Gitarrenkoffer mittlerweile in der kleinen Abstellkammer. Alejandro hatte längst den Überblick darüber verloren.

Am Vorabend der Feier hatte sich Alejandro zuvor in seiner Dusche mit etwas eigenwilligem Gesang vergnügt und stand jetzt im Schlafgewand in seinem Zimmer. Er legte sich bereits seine Abendgarderobe zurecht, die dann am folgenden Tag angezogen werden sollte. Seine Klamotten für besondere Anlässe, eben. Das braune Leinenhemd, aufgewertet mit einigen dunkelroten Ansteckern, die er als Zeichen der Würdigung bei manchen Konzerten erhalten hatte. Dazu eine beige Flanellhose und braune Spitzenschuhe. Alejandro war in hervorragender Stimmung. Er betrachtete zufrieden die Zusammenstellung und beschloss, sich schlafen zu legen. Bestimmt würde es eine Feier bis weit in die Nacht hinein werden. Der Gitarrist schlief letztendlich in freudiger Erwartung mit einem leichten Grinsen ein.

Nach einer ruhigen Nacht war also der Tag gekommen, der letzte Samstag im Monat. Alejandro Rubén war gespannt, wer überhaupt kommen würde. Seines Geschmackes nach zu urteilen, verging die

Zeit für ihn bedeutend zu langsam. Ihm war noch nie aufgefallen, wie lang so ein Tag sein konnte, wenn man auf etwas wartete.

Die Armbanduhr schlug gleich sechs Uhr abends. Frisiert und ordentlich gekleidet machte er sich schließlich auf den Weg in das Dorf. Auf dem Weg dorthin war er keiner Menschenseele begegnet. Selbst im Dorf war niemand anzutreffen. Ein wenig irritiert guckte Alejandro sich während des Gehens zu allen Seiten um.

»Wahrscheinlich sind schon alle Leute in der Bürgermeistervilla und warten dort auf mich«, überlegte er halblaut. Noch während er das vor sich hin murmelte, bog er in die Straße mit der beschriebenen Adresse ein. Menschenleer. Eine Stimmung, vergleichbar mit einem verlassenen Ort im Wilden Westen, an dem trockene Steppenläufer vom Wind vorbeigeweht werden.

Alejandro trat an die Türe und lauschte. Nichts war zu hören. Nun klingelte er und summte den Glockenkanon mit. Erst jetzt registrierte er, dass die Türe nicht verschlossen, sondern nur angelehnt war. Alejandro entschied, einzutreten. Er musste sich leicht ducken, um dem blauen Fleck an seiner Stirn, den er sich mithilfe des niedrigen Rahmens unfreiwillig angezüchtet hatte, endlich ein Ende zu bereiten. Kaum im Interieur, schloss sich die Tür bedächtig wieder. An den Seiten der Eingangshalle zweigten die Flure zu den verschiedenen Gemächern und Örtlichkeiten ab. Auf einer kleinen, goldenen Tafel konnte Alejandro »Festsaal« erkennen. Erwartungsvoll gelangte er nach einer fünfminütigen Flurbesichtigung mit schnellen Schritten an das Tor des Saals. Wie jenes von José Gómez' Büro war es mit rotem Samt ausgekleidet. Sehr edel. Er griff nach der Klinke und hielt kurz inne. Dann drückte er die Klinke bis zum Anschlag nach unten, und mit einem gewaltigen Luftzug schwenkten die Torflügel auf.

Gleißendes Licht durchströmte den gigantischen Festsaal. Licht aus Scheinwerfern wurde auf die diamantbesetzten Kronleuchter geworfen und unzählige Male reflektiert. Spiegel, so groß wie Alejandros Hausfassade, vervielfachten die Edelsteine und das Licht. Es war ein Ambiente wie im Himmel. Skulpturen aus Marmor und hellem Gestein schmückten die Seiten des Saals. Vom Zentrum der Decke hing eine Engelsstatue, die ein Schild in der Hand hielt. Alejandro konnte »José Gómez« darauf lesen, soweit es die geänderten Lichtverhältnisse den

Augen zugestanden. Musik ertönte aus einem alten Plattenspieler, echte spanische Gitarre. Die Gesellschaft empfing den Hauptgast sehr ausgelassen. Der Großteil des Dorfes war gekommen, auch einige Menschen von außerhalb schüttelten Alejandro Rubén die Hand. Er kannte jene noch von diversen Konzerten. Alle Gäste waren sehr elegant gekleidet. Auffallend waren kleine Ansteckknöpfe mit den Initialen »J.G.« als Erkennungsmerkmal für die Angehörigkeit zu dieser Feier. Der Pulk um den Gitarrenspieler teilte sich, und der Bürgermeister trat zu ihm hin.

»Ah, mein Lieblingsmusiker ist endlich eingetroffen! Wie geht es Ihnen?«, fragte José Gómez mit etwas übertriebener Heiterkeit.

»Sie sehen hungrig aus! Wahrscheinlich von dem langen Marsch hierher. Auf den Tischen links hinter mir finden sie allerlei leckere Sachen, die Ihren Gaumen kitzeln und Ihren Magen besänftigen sollen. Kommen Sie, kommen Sie.«

An diesem Abend wurde kräftig gefeiert. Es wurde getanzt und viel Alkohol getrunken. Alejandro blieb nüchtern, er konnte noch nie etwas mit Alkohol anfangen. Das ließ sich vom Bürgermeister nicht wirklich behaupten. Eine Flasche Sekt und drei

Gläser Wein gingen auf sein Konto, beziehungsweise auf seine Leber. Trotzdem machte er einen relativ standhaften Eindruck. Als José seine Dame schickte, noch etwas zu trinken zu holen, erhob sich Alejandro und ergriff die Gelegenheit, mit ihm einmal unter vier Augen reden zu können. Er schaute ihn an und wollte gerade ansetzen, da begann der Angetrunkene bereits zu reden.

»Alfredo, huhu, hier, Alberto! Haben Sie gar nichts *hick* zu trinken? Das ist ja unmöglich...«, faselte er und versuchte, den letzten Bodendecker seines Weinglases mit der Zunge zu erwischen. Was bei einer Zunge von geschätzten drei Zentimetern Länge durchaus schwierig war. Nach etwaigen fruchtlosen Versuchen blickte er Alejandro an.

»Was? Was ist denn? Habe ich etwas im Gesicht? Hängt mir noch eine Nudel am Mundwinkel?« Sogleich machte er akrobatische Kunststücke, um das nähere Umfeld seines Mundes auf Essensrückstände zu prüfen. Alejandro schaute dem Bürgermeister sehr belustigt zu.

»Nein, Ihr Gesicht ist sauber. Und jetzt kommen Sie doch einmal mit.«

Er griff nach Josés Oberarm und zog ihn von seinem Stuhl in eine etwas ruhigere Ecke des Saals. Ohne

Widerwillen ließ sich der Bürgermeister führen.

»Bürgermeister – José – jetzt verstehe ich es! Und ich versichere Ihnen, dass ich wirklich nichts bemerkt hatte. Sie Teufelskerl!«, sagte Alejandro ganz begeistert. José Gómez war ganz entgeistert. Er symbolisierte nur mit einem Achselzucken und einem fragenden Gesicht sein unsichtbares Fragezeichen, das über seinem Kopf schwebte.

»Naja, Sie wissen schon. Die Feier und die Heimlichtuerei, das war geplant, oder?« Sein Gegenüber zupfte nur an seinem Hemd herum.

»In Ordnung, ich habe Sie neulich belauscht, oder vielmehr unabsichtlich belauschen dürfen. Da haben Sie etwas gesagt... Irgendetwas mit mir und einem Köder, und, dass Sie mit diesem »Geschäft« sehr reich werden würden.«

Der Teint des kleinen Dicken hatte bei diesen Worten eine gräulich-weiße Note angenommen. Ein dezentes Netz aus Schweißperlen hatte sich auf dessen Stirn gebildet und verschmierte die einzelnen Haarsträhnen, die vorn herunterhingen.

»Und jetzt weiß ich, was Sie damit gemeint haben. Sie wollten mich mit der Feier überraschen und haben deswegen alle Gäste schon hierher verfrachtet. Und lassen Sie mich raten: mit »reich« meinten Sie reich an Ansehen, welches die Feier mit sich bringen würde. Zwar etwas egoistisch, aber ich finde es nicht schlimm, also keine Sorge.«

Der Bürgermeister brauchte einen Moment. Er wirkte schlagartig fast schon wieder nüchtern.

»Oh nein, meine Tarnung ist aufgeflogen! Wie haben Sie das bloß herausgekriegt?«, antwortete er schließlich mit wackeliger Stimme. Seine Miene hatte sich unwesentlich verfinstert. Alejandro grinste selbstlobend umher. José wandte sein Gesicht ab. Es war nun von boshaften Falten zerfurcht. »Nehmen wir doch wieder am Geschehen des Abends teil, was meinen Sie?«, sagte er. Nachdenklichkeit und Ernsthaftigkeit lag in seiner Stimme.

»¿La fiesta?«, erkundigte sich die knochige Gestalt.

»Aufgehorcht. Wir müssen besser aufpassen. Und zwar wann wir darüber reden, und wo wir darüber reden. Du weißt, was ich meine.« Der Bürgermeister wirkte nicht zu Späßen aufgelegt.

»Seguro…«

Die kühle Morgenluft umspielte sein Gesicht und erfrischte wie Quellwasser jede seiner Poren. Alejandro stand vor seinem Landhaus und blickte auf seine weiten Felder. Die Sonne begann, die ersten

Strahlen durch das Universum zur Erde und schließlich in sein Auge zu schicken. Zarte Farben des Sonnenaufgangs, hellrosa, himmelblau, flossen ineinander über. Etwas Göttliches schwebte in der Luft des noch jungen Tages. Alejandro atmete die unverbrauchte Luft ein, behielt sie kurz inne und stieß sie wieder aus. Es fühlte sich so an, als hätte die Klarheit seinen gesamten Leib durchdrungen. Sein Kopf wurde klar, die Gedanken frei, die Seele flimmerte auf, voller Lebenslust.

»Der Großteil des Dorfes würde wahrscheinlich noch schlafen und jenes unbeschreibliche Erlebnis verpassen, womöglich noch mit einem halblauten Schnarcher...«, dachte Alejandro. Ihm machte es nichts aus, früher aufzustehen als vielleicht manch anderer. Abgesehen davon war das Frühstück wichtiger Bestandteil seines Tagesablaufs. Die Mahlzeit war insbesondere an Tagen der Feldarbeit Voraussetzung für gutes Schaffen. Gerne nahm er eine kleine Tasse anregenden Schwarztee zu sich. Eine indische, kräftig-malzige Teemischung oder ein Darjeeling von den Gipfeln des Himalaya zählten inzwischen zu seinen Favoriten, neben den regionalen Sorten.

Einen Tag später begab sich Alejandro bereits früh außer Haus. Es war der Erntetag der ersten Hälfte seiner Olivenbäume. Ausgerüstet mit vier großen, bauchigen Leinensäcken, einem Sonnenhut und zwei Flaschen Wasser marschierte er zum vereinbarten Treffpunkt zur abgemachten Zeit. Am Fuße des ersten Hügels legte Alejandro sein Gepäck auf den strohigen Boden und blinzelte in den Himmel. Er musste nicht lange warten, bis sich seine Erntehilfe blicken ließ.

»Alejandro! Entschuldige die kleine Verspätung. Aber jetzt bin ich hier, bereit für die Arbeit!«, sagte der Mann. Juán Suárez und Alejandro hatten sich im Dorf kennengelernt. Juán hatte ihm während seiner ersten Tage geholfen, sich im Dorf ein wenig zurecht zu finden. Immer, wenn sie sich trafen, plauderten die Männer über viele Dinge, die gerade passierten. Auf der Feier in der Villa des Bürgermeisters hatten sie ein langes und gutes Gespräch geführt.

Alejandro gab seinem Freund eine der beiden Wasserflaschen und zwei Leinensäcke, in denen die gepflückten Oliven ihren Platz finden sollen. Mit den Armen gestikulierend zeigte er die Richtung auf, in der sich Juán zum Pflücken bewegen musste.

Die beiden sprachen sich noch ab, wo und wann sie Mittagspause machten.

Die Sonne schien stark. Die Hitze wurde immer größer, je weiter der Tag voranschritt. Den Sonnenhut mitzunehmen war, wie sich herausstellte, eine weise Entscheidung. Die Oliven sahen prächtig aus. Die günstigen klimatischen Bedingungen in letzter Zeit haben Wachstum und Reife gut vorangetrieben; so war aus fast jedem ehemals grünen Kügelchen eine pralle und wertvolle Frucht geworden.

Jeweils einer der Erntesäcke war sowohl bei Alejandro, als auch bei Juán, reichlich gefüllt. Zusammen nahmen die Männer auf dem mit lichtem Gras gesäumten Boden Platz. Juán wischte sich den Schweiß von der Stirn, Alejandro leerte seine Wasserflasche in wenigen Zügen.

»Wie ich sehe haben wir ungefähr gleich viel geerntet. Mein Augenmaß ist anscheinend nicht übel.« Er lehnte sich an einem Baum an und zog seinen Hut ein bisschen weiter in sein Gesicht hinein.

»Sag mal, Alejandro, was hast du jetzt eigentlich mit den ganzen Oliven vor?«, fragte Juán. Er schaute zu ihm hinüber.

»Einen kleinen Teil möchte ich bei mir aufheben.

Für Essen, Vorräte... Du weißt schon.« Juán nickte.
»Den Großteil aber werde ich im Dorf verkaufen.
Ich baue mir irgendwo im Dorfkern einen kleinen
Stand auf und verkaufe sie.«

»Aber das geht doch nicht einfach so. Du brauchst
vorher eine Genehmigung, die nur Bürgermeister
José Gómez ausstellen kann.«

»Alles schon erledigt. Durch meine Gitarre habe ich
viel Kontakt zu ihm, weißt du. Er war es sogar, der
eben wegen dieser Genehmigung auf mich zuge-
gangen ist. Außerdem, was sollte ich sonst mit den
Oliven tun? Kleinen Kindern zum Herumwerfen
schenken?«

Juán schmunzelte bei der Vorstellung. Die beiden
Männer richteten sich schließlich auf, um mit der
Arbeit noch vor Anbruch der Dunkelheit fertig zu
werden.

Die Etappe für jenen Tag war sehr vorsichtig gesetzt. So kam es, dass Alejandro und Juán schon am
späten Nachmittag am Landhaus waren. Sie hatten
noch eine Weile miteinander geredet, als Juán
schließlich aufbrechen musste. Alejandro winkte
ihm noch hinterher, bis er zwischen den Feldern
verschwand. Er ging wieder in sein Haus hinein

und widmete sich für den Rest des Tages der letzten Aufgabe. Er hatte ein paar Holzbretter zur Verfügung gestellt bekommen, aus diesen er die Bude für die Oliven zimmern wollte. Das nötige Werkzeug dafür hatte er in seiner Abstellkammer, irgendwo unter dem Wust von Gitarrenkoffern. Zusätzlich hatte er einen kleinen Wagen bekommen, um das Resultat seiner Fertigkeiten als Zimmerer transportieren zu können. Weniger ein Wagen, mehr ein windiges Floß auf Rädern, dafür aber immerhin mit einem Seil und zwei Sicherungshaken ausgestattet. Trotzdem genügte es für Alejandros Zwecke.

Am folgenden Tag beschäftigte sich Alejandro Rubén morgens mit den gepflückten Oliven. Er putzte sie und zupfte Stängel und Blätter ab; er machte sie verkaufsfertig. Zuerst hievte er seine notdürftig zusammengehämmerte Bude auf den Holzwagen. Dann verlud er die Oliven in einen großen Behälter aus Korbgeflecht, und machte diesen ebenfalls an jener Karre fest. Er zog und rüttelte schließlich noch einmal kräftig, um zu prüfen, ob das Seil auch wirklich halten möge.

Er machte die Holztüre seines Landhauses auf. Es war fast Mittag geworden. Die Felder, welche ihn umgaben, erstrahlten in herrlichem Gelb und

Ocker. Guter Dinge marschierte er los, mit der kostbaren Ware im Gepäck.

Nach wenigen Minuten des Gehens gelangte er an die Eingangspforte des Dorfes. Es war sehr heiß geworden und Alejandro schwitzte. Natürlich hatte er den Sonnenhut an jenem Tage nicht mitgenommen. Davon abgesehen war die Kombination aus körperlicher Arbeit, Mittagshitze und wenig Wasser ziemlich belastend für Alejandros Kreislauf. Aber schließlich kam er an seinem Verkaufsort an. Einige Dorfbewohner schauten ihm beim Herrichten des Standes zu.

»Soll ich dir helfen, mein Freund?«

Juán streckte Alejandro seine Hand entgegen, der auf dem Boden gekauert das mitgezogene Gut entsicherte. Alejandro grinste dankbar, ergriff die Hand und erhob sich. Gemeinsam errichteten die Männer den Verkaufsstand inmitten des Dorfkerns. Die Villa des Bürgermeisters war nicht weit entfernt. Juán bemerkte, wie Alejandro ungewöhnlich tief atmete.

»Hier, nimm.« Er zog aus seiner Tasche eine Flasche Wasser und reichte sie ihm.

»Was würde ich bloß ohne Dich tun, Juán…!«, sagte Alejandro und nahm gierige Schlucke daraus.

Alles war schließlich aufgebaut, der Verkauf konnte beginnen. Alejandro stellte ein kleines Schild auf, auf welchem sich der Preis für die jeweilige Menge befand. Auf der Theke stand eine etwas vergilbte, aber dennoch saubere Waage. Im Gegensatz zum Sonnenhut hatte er aber nicht den bequemen Stuhl vergessen, auf dem er nach Begutachtung seines Standortes seufzend Platz nahm. Hie und da konnte er kleine Mengen verkaufen. Für die Aufbewahrung des Geldes diente ein kleiner Stoffbeutel, der Alejandro um die Hüfte geknotet war.

Er schloss seine Augen. Kurz darauf merkte er, wie auf einmal ein Schatten aufzog. Als er gen Sonne blinzelte, konnte er keine Wolke entdecken, die er zuerst für die Ursache des Schattens gehalten hatte. Es war eine junge Frau. Sie war hübsch und hatte einen kleinen Jungen bei der Hand, welcher Alejandro bloß mit seinen braunen Knopfaugen stoisch anglotzte.

»Schlafen am Arbeitsplatz, so geht es aber nicht, mein Herr«, witzelte sie.

»Kenne ich Sie zufällig?«, fragte Alejandro Rubén offensichtlich angetan von dieser überraschenden Erscheinung.

»Ich habe Ihnen schon öfters beim Spielen auf der

Gitarre zugeschaut, oder vielmehr zugehört. Ich heiße Maribel.« Sie nickte anerkennend.

»Alejandro. Wollen Sie ein paar Oliven? Ich gebe auch Sympathierabatt«, sagte er, wobei er, von Peinlichkeit berührt, knallrot wurde. Dies war der Dame natürlich nicht entgangen, und sie musste schmunzeln.

»Tut mir leid, ich habe kein Geld mehr dabei, ich habe alles bereits für Konzertkarten ausgegeben. Für meinen Sohn und mich.«

Das fand Alejandro komisch.

»Darf ich fragen, welches Konzert Sie besuchen werden?« Maribel wirkte leicht irritiert. Sie war sich nicht sicher, was sie darauf antworten sollte.

»Ich vermute mal, ganz spontan, es ist das Ihrige am kommenden Wochenende«, sagte sie mit ironischem Unterton. »Haben Sie vergessen, dass Sie wieder hier im Dorf spielen werden?« Alejandros Blick schweifte in die Ferne. Er wirkte bei ihren Worten wie abwesend.

»Nein, das habe ich nicht.«, murmelte Alejandro zögernd.

»Ist alles in Ordnung bei Ihnen?«, erkundigte sich Maribel, während sie zu ergründen versuchte, weshalb sich ihr Gegenüber auf einmal so merkwürdig benahm. Plötzlich fokussierte sich Alejandros Blick und er schaute Maribel energisch in die Augen. Sie waren braun wie jene ihres Sohnes.

»Wie lange zahlen die Leute schon für mich! Sagen Sie es mir!«

»Ähm… keine Ahnung, ich denke schon eine Weile, und wieso fragen Sie eigentlich solche Sachen? Stimmt etwas nicht?«

In Alejandro Rubén Olívar stieg Zorn auf, und Scham vor seiner eigenen Dummheit. Ihm war auf der letzten Feier die bislang größte und unglaublichste Fehlinterpretation seines Lebens gelungen. Das wurde ihm schlagartig klar. Hass und Verachtung gesellten sich zum Zorn. José Gómez. Die Fäuste ballten sich. Schweißtropfen flossen vom hochroten, vibrierenden Kopf auf den Boden.

Alejandro sprang auf, den Stuhl umwerfend. Maribel begriff nicht, was im Moment vor sich ging. Er begann zu rennen, in Richtung Villa des Bürgermeisters. Maribel war sprachlos und schaute ihm verdutzt nach. Schleppend, doch von unsagbarem Zorn immer weitergetrieben, machte Alejandro nicht Halt, bis er schließlich die Villa erreicht hatte. Ihm war schwindelig, die Hitze setzte ihm zu.

Er hätte jede einzelne Glocke der Türklingel mit seinen bloßen Händen zerschlagen können, als der Kanon ertönte. Da machte José Gómez die Eingangspforte auf. Zunächst lächelnd, verging dem Bürgermeister nach Musterung des schnaubenden Mannes die Freude. Alejandro setzte sich auf bedrohliche Art und Weise in Bewegung und stierte auf den kleinen Mann zu. José wich perplex zurück.

»Was ist denn los, mein Guter?!«

»Sie wissen ganz genau, was los ist, Sie scheinheiliger Zwerg!«, brüllte Alejandro in das Haus. Der Hall des Foyers verlieh seinen Worten noch mehr Kraft.

»Ah, Sie haben es also herausgefunden. Schlecht für Sie.« José schien sich sicher zu sein, gegen den Gitarrenspieler anzukommen.

»Tja, ich danke Ihnen, dass Sie für mich so erfreulich viel Geld gemacht haben. Rückblickend ein genialer Plan, finde ich. Wie sehen Sie das?«

Alejandros Blick verschwamm und schwenkte abwärts.

»Sie sind eine miese Ratte. Das nächste Konzert können Sie vergessen, ich werde…« Alejandros Stimme versiegte allmählich.

»Wissen Sie, das macht jetzt nichts mehr. Heute

habe ich die letzten Karten verkaufen können. Reizend, die Dame, mit einem wirklich süßen Jungen. Für sie waren die Karten zur Feier des Tages extra teuer.« Die Miene des Bürgermeisters verfinsterte sich.

»Ganz davon abgesehen haben Sie gar keine andere Wahl, als weiterhin für mich zu spielen. Ich habe meine Methoden, um Sie dazu zu zwingen. Dafür habe ich gesorgt.«

»Sie Schwein!«, schimpfte Alejandro, doch die Intensität seiner Worte entwich deutlich.

»Na, jetzt werden Sie doch nicht ausfallend. Ich kann es ja verstehen, dass Sie das nicht so toll finden, aber es ändert sich eigentlich nichts an der Situation. Vom Publikum war es immer akzeptiert worden, dass Eintritt verlangt wurde. Ich habe die Kontrolle über Ihren Erfolg. Die Leute, so einfach gestrickt, wie sie sind, kennen meine geheimen Pläne und Machenschaften nicht. Für sie entsteht kein Unterschied. Allerdings muss ich einräumen, dass Sie mich auf Ihrer Feier etwas erschreckt haben. Dass Sie Pablo und mich belauschen konnten, war keine Absicht. Ich hatte schon gedacht, Sie wären mir auf die Schliche gekommen. Aber...« Der Bürgermeister kicherte boshaft.

»Aber bei dem, was Sie mir darauf gesagt haben, konnte ich mich nicht entscheiden. Hätte ich mitfühlend sein, oder schallend herauslachen sollen?« Der Bürgermeister triumphierte.

»...Mitfühlend?« Alejandro keuchte und stützte sich auf seinen Knien ab.

»Mitfühlend wegen Ihrer dummen Naivität!« José Gómez' Lachen ertönte in der ganzen Villa.

»Ich habe Sie in der Hand wie ein Marionettenspieler. Gar keine Chance.« Er pausierte kurz.

»Ich werde jetzt am besten einen Arzt rufen, da Sie wahrscheinlich gleich bewusstlos werden.«, fügte José Gómez hinzu. Die Bilder vor Alejandros Augen flimmerten und ergaben keinen Sinn mehr. Die letzte Kraft schwand aus seinen Beinen. Sein Kopf fühlte sich wie ein Luftballon an, der gleich platzte. Dumpf sackte er auf dem marmorierten Steinboden zusammen.

Ein weit aufgerissenes Auge verfolgte das Geschehen aus der Dunkelheit. Der Türspalt war gerade breit genug, um hindurch sehen zu können. Die Blutadern standen hervor, die Pupillen waren klein geworden und verliehen dem Auge dadurch eine verhältnismäßige Übergröße. Vor lauter Anspannung rann ein Schweißtropfen das knochige Nasenbein hinunter. Das Auge zog sich nun zurück; die Türe schloss sich mit keinem einzigen Ton. Nicht einmal ein Quietschen. Unscheinbar wie ein vorbeihuschender Schatten.

Alejandro kam zu sich. Er war noch benommen und orientierungslos. Er stöhnte auf und strich sich mit seiner rechten Hand über die Schläfe. Etwas, das sich anfühlte wie ein Pflaster, klebte dort. Kopfschmerzen hämmerten auf seine Stirn. Er öffnete seine Augen einen Spalt und erkannte schließlich seine Gitarre, seine Vorhänge und das Bett, in welchem er lag. Er befand sich in seinem Schlafzimmer, doch er hatte keine Vorstellung davon, wie er dorthin gelangt war.
»Wahrscheinlich durch den Arzt, den Bürgermeister José – « Er unterbrach seinen Gedankengang. Mattigkeit legte sich wie ein nasses Papiertaschentuch über sein Gemüt. Aber diese Mattigkeit überwand die Erinnerung nicht. Leider konnte sich Alejandro nur zu gut daran erinnern. Wie wollte der Bürgermeister es erreichen, ihn trotzdem noch so auszunutzen, zumal jetzt, da Alejandro wusste, was hinter seinem Rücken passierte?
Er versuchte, sich aus dem Bett zu schälen. Auf

halber Strecke durchzuckte Schmerz seinen Leib. Er biss die Zähne zusammen und hatte es, wenn auch etwas qualvoll, geschafft und stand nun in seinen Pantoffeln vor seinem Krankenlager. Er musste jetzt schreiben. Einen Brief an sie. Mit Entsetzen fiel ihm auf, dass der letzte Brief viel zu lange her gewesen war. Er taumelte aus dem Zimmer und schleppte sich zu seinem kleinen Schreibtisch. Alejandro nahm Briefpapier aus der obersten Schublade zur Hand. Tinte stand bereits einsatzbereit auf dem Tisch. Doch es war nicht mehr viel vorhanden. Also musste Alejandro sich genau überlegen, was er schreiben wollte. Er hasste es, durch eine Lappalie so limitiert in seinen Möglichkeiten zu sein. Bei solchen Dingen kam sein Wesen als Künstler, der sich ungern einengen lässt, besonders zum Ausdruck.

Er hatte das fertige Schriftstück geküsst, bevor er es in den Umschlag legte. Von unzähligen Dingen permanent abgelenkt musste sich Alejandro schamvoll eingestehen, dass er sie für gewisse Zeit komplett ausgeblendet hatte. Mit schlechtem Gewissen verschloss er den Brief und beschriftete ihn entsprechend. Er schloss die Augen und konzentrierte sich. Ihm versetzte ein spontaner Gedanke einen Schreck in seinen Grundfesten. Wenn er versuchte, sich an ihr Gesicht zu erinnern, sah er nichts mehr. Er hatte vergessen, wie sie aussah. Stattdessen erschien Maribel vor seinem inneren Auge. Erschrocken machte Alejandro seine Augen wieder auf. Leicht zitternd zwang er sich zu innerer Ruhe. Der Brief glitt ihm aus der Hand auf den Boden. Wortlos schob er den Stuhl an den Tisch hin und trottete zurück in sein Bett. Sogleich er auf der dünnen Matratze sanft aufkam, übermannte ihn die Müdigkeit und drückte ihn unter die Oberfläche des Bewusstseins, hinein in die Welt der Träume. Doch er träumte nichts.

Tiefste Nacht. Das Zimmer war in völlige Dunkelheit getaucht. Nur ein kleiner Punkt glimmte. Zigarrenasche rieselte in einen vergoldeten Aschenbecher. Rauch stieg auf.

»Das war ein herber Rückschlag, der allerdings noch zu verkraften ist. Nicht wahr, Pablo?«, sinnierte der kleine Dicke in seinem Chefsessel.
»Wir hätten wahrscheinlich noch einiges an Geld machen können. Dennoch, wir haben ja unsere Prinzipien. Und dank Deiner Arbeit, mein Diener,

können wir diese Prinzipien auch gebührend umsetzen.«

Pablo nickte zustimmend.

»¿Qué hacemos ahora?«, fragte das knochige Gerecke.

»Gute Frage… Ich glaube, mit Maßnahme Eins
wäre der Anfang getan. Mal sehen, ob es funktio-
niert.«, sagte José Gómez mit herausforderndem
Unterton.

»Wirst Du dich der Sache annehmen? Betrachte es
doch als Ehre, nicht als Arbeit.«

»Vale. Hasta luego.«, nuschelte Pablo, wendete sich
ab, öffnete die große, edle Tür und ließ den Bürgermeister allein.

Der Tag war jung. Alejandro warf sich seine ocker-
farbene Weste über. Schlüssel und Brief wurden in
den seitlich angebrachten Taschen verstaut. Beim
Öffnen der Türe seines Landhauses wehte ihm
frischer Wind in das Gesicht. Nachdem er das Haus
abgesperrt hatte, bewegte er sich mit gemischten
Gefühlen in Richtung Briefkastensammlung. Die
Wollweste flatterte im Wind; Alejandro kniff seine
Augen zusammen. Eine wabernde Wolkendecke
hing über den weiten Himmel und schien alles

Irdische zu Boden zu drücken. Sie gespielte sich mit dunklen und bedrohlichen Farben und ließ selten an undichten Stellen einen Hauch von Sonnenlicht durchsickern, welches dann jedoch in einer unvergleichlichen Schärfe und Klarheit auf das Land traf.

Nach einem nachdenklichen Spaziergang gelangte er letztendlich an die Sammelstelle der Briefkästen. Fast wie ferngesteuert peilte Alejandro Rubén aus purer Gewohnheit seinen Briefkasten an. Völlig im Automatismus versunken registrierte er erst spät, dass sein Briefkasten weg war. Mit blödem Blick betrachtete er für einige Sekunden regungslos den kleinen Platz. Kein Briefkasten. Nur der Stumpen des Holzbrettes, auf dem er montiert gewesen war. Er war ratlos. Alejandro war sich absolut sicher, dass an jenem Stück Erdreich sein persönlicher Briefkasten mit seinem Namen stand. Gestanden hatte. War er derartig abwesend, sodass er den falschen Kasten aufmachen wollte? Alejandro verwarf den Gedanken sogleich; es gab keinen Zweifel, dies war die Stelle gewesen. Ihm war die Chance genommen worden, jenen Brief, dem er die größte Wichtigkeit beigemessen hatte, zu verschicken. Seine Formulierungen waren auf den Punkt gebracht, ohne sachlich und emotionslos zu wirken. Alejandro überlegte.

»Eventuell könnte man die Post über den Bürgermei −« Der Bürgermeister. Plötzlich erschien ihm die Lage offensichtlich. Das hatte José Gómez also gemeint mit »Methoden«. Angespornt durch Anflüge von Selbstbewusstsein und Trotz beschloss er, sich nicht unterkriegen zu lassen. Sollte José Gómez ernsthaft der Meinung sein, dass das genüge, um ihn klein zu kriegen, möge er schwereres Geschütz auffahren.

Alejandro brauchte einen Moment, um sich ein wenig zu sammeln. Er überlegte, auf welche Art und Weise man sich in dieser Situation wehren könnte. Doch so viel er auch nachdachte, es wollte ihm nichts Vernünftiges einfallen. Aus der Gegend ziehen? Zu aufwendig. José Gómez einsperren? Zu kriminell. Sich im Landhaus verschanzen? Vielleicht. Was blieb ihm schon übrig.

Tiefste Nacht. Fahles Licht fiel in das Büro ein. Eine unangenehm bedrückende Stimmung herrschte in den dunklen Räumlichkeiten.

»Sí, pero Señor Gómez −« Pablo wurde harsch unterbrochen.

»Mein Diener, ich kann nicht glauben, was ich gerade gehört habe. Du, mein loyalster Untergebener, zweifelst die Richtigkeit des Unterfangens an?«
José Gómez war wütend, und seine Stimme gewann an Lautstärke und Härte.

»Du, Pablo, warst derjenige, den ich mit den wirklich wichtigen Aufgaben vertraut gemacht habe. All die Informationen, die Du mir beschaffen konntest. Nach all der Zeit stellst Du dich gegen mich?«
José Gómez' rechtes Augenlid begann zu zucken, wie bei einem nervösen Tick. Pablo schaute beschämt zu Boden.

Der Bürgermeister murmelte leise etwas vor sich hin. Man hätte glauben können, er war wahnsinnig geworden. »Das kann nicht sein... Es wird schon funktionieren... Er ist es, der mich braucht... Nicht ich, der ihn braucht...«

Pablo hatte seinen Blick gehoben und musterte erschrocken sein Gegenüber. Mit starrem Blick verharrte dieser in seinem Zustand, der einer Trance gleichkam. Pablo stand leise auf, ohne seine Augen von José abzuwenden. Mit leicht gesenktem Kopf, einem zuckenden Augenlid und nicht zu verstehenden Wortfetzen saß der Bürgermeister völlig abwesend in seinem Chefsessel. Dieser verstörende

Anblick verfolgte Pablo noch durch den langen Flur, in seine Wohnkammer, in seinen Schlaf.

Alejandro saß im Wohnzimmer bucklig auf dem Boden. Vor ihm lag seine Gitarre. Mit trübsinnigem Blick starrte er auf die dunkelbraune Rosette, den Gitarrenhals und die schon leicht abgenutzten Saiten. Er verspürte überhaupt keine Lust, sie in die Hand zu nehmen und ein paar Takte zu spielen. Am liebsten hätte er sie zerstört. Mit einem gezielten, wuchtigen Schlag, welcher sie in mehrere Teile reißen würde. Alejandro ballte seine Fäuste. Alles, woran er in den letzten Monaten geglaubt hatte, war durch José Gómez im Nichts untergegangen. Er überlegte, wieviel Geld er wohl den Leuten abgeknöpft hatte. Er dachte an Maribel und ihrem kleinen Sohn. Ein flüchtiges Lächeln streifte sein Gesicht; Tränen gewannen die Oberhand und liefen über seine Wangen. Gleichzeitig erwuchs in Alejandros Seele ein Zorn, wie er ihn noch nie verspürt hatte. Er knirschte wütend mit den Zähnen, als ob er den Bürgermeister zerkauen wollte. Ihn packte das Verlangen, dem Feind ins Auge zu sehen. Alejandro wollte aus José Gómez' Augen lesen, wenn er jenen zur Rede stellte. Nicht wie letztes Mal, als er wenig getrunken und die Hitze ihr Übriges getan hatte, sondern mit klarem Verstand, stechenden Formulierungen und Schlagkraft. Mit einem kräftigen Ruck stand Alejandro auf und schritt entschlossen Richtung Ausgang. Er schaute nicht nach rechts oder links. Mit seinem rechten Fuß traf er seine Gitarre, die mit lärmenden Krach seinem Wege wich. Es kümmerte ihn nicht; beim Verlassen schloss er nicht einmal die Tür hinter sich zu.

José Gómez saß an seinem Schreibtisch, eingequetscht zwischen Stuhllehne und Tischplatte, und grübelte über Formulare. Er klopfte behutsam das glimmende Ende seiner Zigarre in den bereits fast vollen Aschenbecher. Plötzlich tat es vom Eingang her einen so lauten Knall, dass der Bürgermeister vor Schreck seinen Arm hochriss und die Zigarre im hohen Bogen durch das Büro warf. Dem Lärm an der Eingangspforte folgten schnelle, kräftige Schritte, die sich dem Büro des Bürgermeisters näherten. Der kleine Dicke wirkte wie perplex; er konnte sich nicht entscheiden, entweder seinem hochwertigen Tabakprodukt wehmütig nachzuschauen, oder grimmig auf die Bürotür zu starren, um zu sehen, wer die nötige Unverschämtheit aufbrachte, in seiner Villa so einen Radau zu veranstalten. Schließlich erhob er sich mit dunkler Miene und stellte sich vor die mit rotem Samt geschmückte Tür und wartete. Die den Schritten zugehörige Person kam am Ende des langen Korridors an. Nur die massive Tür trennte jetzt noch die zwei Kontrahenten. Einen Moment lang herrschte absolute Stille. Die Ruhe vor dem Sturm der Gefühle und Worte.

»Ich warte!«, rief José Gómez provokant.

Er starrte auf die Türe, wie sie ganz langsam mit einem leisen Quietschen einen Spalt breit geöffnet wurde. Im Flur war es dunkel wie die Nacht. Eine Fußspitze trat aus der Finsternis hervor, einige Momente später die zweite. Die Situation war so angespannt wie die Muskeln einer Raubkatze, die ihre Beute im Visier hatte. Eine Schweißperle rann das Gesicht des Bürgermeisters hinunter.

»Ach, Sie sind es. Ich hätte es wissen müssen.«

José Gómez grinste Alejandro boshaft zu.

»Warum zum Teufel hat Pablo Ihnen Einlass gewährt?« Während des Sprechens schlenderte der Bürgermeister wieder hinter seinen Schreibtisch. Alejandro wirkte gelassen, aber dennoch bestimmt.

»Glauben Sie im Ernst, dass Sie mich wieder zum

Spielen bringen, nur weil mein Briefkasten entfernt wurde? Sind Sie noch bei Trost?«

»Ich sehe, dass Sie mich erneut aufsuchen. Und Sie wollen etwas von mir, habe ich recht?«

»Gut erkannt«, antwortete Alejandro trocken.

»Sie geben mir wieder meinen Briefkasten zurück und hören auf, den Leuten das Geld aus der Tasche zu ziehen. So einfach ist das.«

José Gómez schaute ihn an. Er verzog sein Gesicht, und der pure Hohn platzte aus ihm heraus. Er lachte lautstark und zeigte mit seinem widerlichen Zeigefinger auf den Gitarrenspieler.

»Was ist so lustig daran?«, rief Alejandro, wobei er sich anstrengen musste, in einer adäquaten Lautstärke zu reden, um das hyänenhafte Gelächter des Bürgermeisters übertönen zu können. Doch José Gómez kriegte sich nicht mehr ein. Er gluckste schon nach Luft, die während des Lachens weitestgehend ausblieb.

»Hören Sie auf!«

Alejandro sah wütend in die verkniffenen, von Lachtränen wässrig gewordenen Augen. Und er konnte lesen, was hinter seinen Augen stand. Er wollte, dass der kleine Dicke endlich aufhörte zu lachen. Er hatte keine Kontrolle mehr über sein

Handeln. Urplötzlich fuhr Alejandro seine linke Hand aus und griff nach dem Aschenbecher. Der Bürgermeister schrie auf, mit beiden Händen vor dem Gesicht. Die Zigarrenasche brannte in den kleinen, geröteten Augen. Alejandro machte einen Satz nach vorne. Der Bürgermeister wirkte wie paralysiert von seiner spontanen Blindheit. Alejandros Arm war erhoben; der schwere Aschenbecher noch in der Hand. Eine Demonstration von Muskelkraft. Ein dumpfer Schlag. Und es herrschte wieder Stille. Totenstille. Der massige Leib sackte in sich zusammen. Der Kopf schlug auf dem Steinboden auf. Ein kurzes Zucken. Kein Geräusch mehr. Es war vorbei.

Alejandro Rubén rang um Fassung. Er wich vom leblosen Körper und taumelte nach hinten. Er prallte mit dem Rücken gegen die Wand. Schockiert musterte er den Mann am anderen Ende des Büros, den er gerade eigenhändig gerichtet hatte. Aus der klaffenden Platzwunde an der Stirn floss dunkelrotes Blut. Er dachte, er würde sich besser, oder zumindest erleichtert fühlen, jetzt, da José Gómez keinen Finger mehr rührte. Aber das Gefühl blieb aus. Das Gegenteil war der Fall. Beklemmungen umspannten seine Brust und das Atmen fiel schwer.

Alejandro versuchte, sich zu beherrschen und zu sammeln. In dieser Stresssituation musste er einen kühlen Kopf bewahren und schnell über das weitere Vorgehen nachdenken. Eines war klar, der Leichnam durfte nicht entdeckt werden. Doch genau das würde sich nicht vermeiden lassen. Alejandro atmete wieder schneller. Er wusste nicht, was er machen sollte. Ekel hielt ihn vom toten Bürgermeister fern. Panisch richtete er sich auf und stürmte aus dem Büro hinaus. In der Eile gab er sich keine große Mühe, die Tür des Büros leise und unbemerkt zu schließen; so ertönte erneut das Zuschlagen einer Tür durch den gesamten Flur. Er stürmte den Gang entlang, hätte auf seiner Flucht beinahe eine Bedienstete umgestoßen und wäre im Foyer fast ausgerutscht. Er wurde gesehen, und seine Tat würde irgendwann ans Tageslicht kommen; dessen war sich Alejandro sicher. Aber er rannte. Und rannte, bis er schließlich vor seiner Haustür, der Ohnmacht nahe, keuchend zum Stehen kam. Die untergehende Sonne strafte ihn mit blutroten Lichtstrahlen.

Die Bedienstete hatte dem ihr entgegenkommenden Mann gerade so ausweichen können. Sie erschrak und schaute verwirrt dem Fliehenden hinterher. Das Silbertablett mit der Teekanne und den zwei

Tassen in ihren Händen fiel glücklicherweise nicht zu Boden. Immer noch ratlos nahm sie ihren Weg wieder auf und stöckelte durch den langen Gang, an dessen Ende sich das Büro des Bürgermeisters befand. Sie klopfte dreimal mittellaut an der Tür und horchte, so wie es José Gómez angeordnet hatte. Es war nichts zu hören. Nun klopfte sie viermal an, diesmal lauter. Nachdem nach wie vor nicht der geringste Ton vernehmbar war, öffnete die Bedienstete die Tür einen Spalt weit.

»Señor Gó –«

Pablo horchte auf. Schon wieder so ein Lärm, zum zweiten Mal.

»Hoy el alcalde está de mala leche. ¿Qué le ha pasado?«, murmelte er nachdenklich vor sich hin.

Ein gellender Schrei durchdrang den Büroflügel der Villa. Darauf folgte sogleich das Klirren von zerberstendem Geschirr. Jetzt war Pablo hellwach. Mit knackenden Kniegelenken sprang er auf und verließ rasch seine Wohnkammer. In wenigen Sekunden erreichte er das offenstehende Büro. Die Bedienstete war vor Entsetzen nach hinten gewichen und stützte sich auf ihren Unterarmen ab. Sie zeigte mit ihrem Finger auf etwas, das Pablo nicht sah. Er trat sogleich in den Raum ein.

Die untere Hälfte des Leichnams war vom Schreibtisch verdeckt; die obere Hälfte lag in einer Blutlache. Das Mordwerkzeug lag neben seinem Kopf; die Stelle des Aschenbechers, die den Kopf getroffen hatte, war noch mit Blut verklebt. Pablo nahm es zur Kenntnis. Er sagte kein Wort.

»Wir m-müssen das sofort m-melden! G-gleich sofort!«, stotterte die Angestellte mit einer versteinerten, von Schock verzerrten Miene, als ob die Leichenstarre bei ihr selbst eingesetzt hatte. Pablo senkte den Kopf.

»Wer hat das getan?«, fragte er die Frau mit gebrochenem Akzent.

»I-ich habe den Mörder, g-glaube ich, wegrennen sehen«, antwortete sie. »Dieser Gitarrenspieler war e-es!«.

Pablo schaute auf. Man hätte meinen können, ein leichtes Lächeln auf seinen dünnen Lippen zu erkennen. »Alejandro, ¡qué tonto estás!«

»Was haben Sie gesagt?«, fragte die Bedienstete ratlos.

»Es war ein Unfall. Oder Selbstmord. Wir müssen uns auf jeden Fall eine glaubhafte Geschichte ausdenken. Und ab jetzt kein Wort nach außen, ist das klar?« Pablo wusste ganz genau, was er sagte. Die Frau weniger.

»W-Wie? Was soll das denn nun schon wieder? Ganz klar Mord, sehen Sie das nicht!« Sie wurde hysterisch. »Ich werde morgen sofort eine Meldung herausgeben. Seien Sie froh, dass ich Sie nicht für das, was Sie gerade von sich gegeben haben, bloßstellen werde. Auf wessen Seite stehen Sie eigentlich?«

»Yo estoy al lado de la justicia. A partir de hoy.«, antwortete Pablo. »Und Sie werden keine Meldung machen! Sie wissen doch gar nicht, was in diesen Gemäuern eigentlich passiert ist. Hier entstanden finstere Pläne, die Leute verletzten, in den Wahn trieben oder ganz andere Dinge mit ihnen machten.« Er schluckte. »Ich habe das lange genug mit angesehen. Ich schäme mich so sehr dafür, sodass ich den Tod des Bürgermeisters nicht unbedingt beklagen möchte.«

Er pausierte und wandte sich um, trat auf die Frau zu, bückte sich zu ihr herunter und schaute ihr von Nahem in die glasigen Augen. Bei Pablos stechendem Blick rann ihr ein kalter Schauer den Rücken entlang.

»Sie werden keine Meldung machen«, hauchte er.

Er stand auf und verließ das Büro, ohne sich umzudrehen.

»Warten Sie, Pablo«, rief die Bedienstete ihm zu.

Er blieb stehen und drehte den Kopf ein Stück um.

»Warum tun Sie das?«, fragte sie.

Doch das Gerecke grinste bloß in sich hinein und verschwand wortlos in den Schatten des Flures.

Alejandro wollte am liebsten nie mehr sein Landhaus in den wunderschönen Feldern verlassen. Hier schien die Welt noch in Ordnung. Olivenbäume säumten die sanften Hügel, ein frischer Wind blies stetig, und die Sonne wurde von keiner einzigen Wolke verdeckt.

Er wollte einfach nur vergessen. Vergessen, was der Bürgermeister ihm und er jenem angetan hatte. Vielleicht hätte er einfach nachgeben sollen. Dann wäre diese Sache womöglich anders ausgegangen. Alejandro erkannte aber, dass es für solche Grübeleien zu spät war. José Gómez war durch seine Hand umgekommen, und dafür würde man ihn zur Rechenschaft ziehen. Sogar schneller, als er dachte.

Auf den Straßen und Gassen wurde es laut. Die Sonne war noch nicht lange aufgegangen, als die

Menschen des Dorfes die Hiobsbotschaft bezüglich der Dorfverwaltung schon vernehmen konnten. Eine schnell größer werdende Menschenmenge versammelte sich am Dorfplatz. Inmitten des Platzes war eine Art Rednerpult aufgebaut.

Pablo wurde vom Lärm auf den Straßen aus dem Schlaf gerissen. Sein Interesse war geweckt, weshalb draußen ein solcher Trubel herrschte. Er warf sich kurzerhand eine Weste um und schlüpfte in seine ausgelatschten Schuhe. Er bemerkte, dass es in der Villa selbst absolut ruhig war. Als ob er der einzige Bewohner dieses Anwesens gewesen wäre. Schlagartig kam ihm ein Verdacht in den Kopf, der sich zu seinem Entsetzen erhärtete, als er das Haus verließ. Wütende Leute marschierten gen Dorfzentrum. Ein Mann erkannte Pablo und erzählte ihm, weswegen das Dorf sich so feindlich formierte. Wie von der Tarantel gestochen rannte er los, ließ den Dorfrand hinter sich und gelangte in die ländlichen Gebiete, östlich von Granada.

Das Wort hatte eine Frau. Sie erzählte, wie der Bürgermeister kaltblütig ermordet wurde. Der Täter war der Gitarrenspieler Alejandro Rubén Olívar, den es nun zu bestrafen galt. Die Bedienstete am

Rednerpult war umringt von Menschenmassen, sowohl Männer, als auch Frauen. Mit kriegerischem Jubel füllten sie die Pausen der emotionalen Rede.

»Lasst uns diesen Zerstörer einschüchtern und verjagen aus diesen Graden! Er soll nie wieder hierher zurückkehren, damit das klar ist! Rächen wir unseren geliebten Bürgermeister!«

Damit war die Rede beendet. Nun setzten sich die Menschen in Bewegung.

Ziel war der Gitarrenspieler.

Es hämmerte an die Tür des Landhauses.

»Aufmachen! Sind Sie da?« Alejandro kannte diese krächzende Stimme. Gemischter Gefühle näherte er sich dem Ausgang, machte aber vorerst nicht auf.

»Wer ist da? Sind Sie nicht das Anhängsel des Bürgermeisters? Warum sollte ich Ihnen aufmachen?«

»Weil Sie sonst endgültig erledigt sind! Ich schwöre, dass ich keine schändlichen Absichten habe.«

Alejandro grübelte. Eigentlich konnte es nicht schlimmer werden. Er drückte die Klinke hinunter und stand dem keuchenden Mann gegenüber.

Alejandro wurde von Pablo über die Vorgänge im Dorf in Kenntnis gesetzt. Er ermutigte ihn zur Flucht, bevor die wütende Meute dies auf ihre

Art und Weise erledigte. Doch Alejandro machte keinerlei Anstalten, irgendwie heil aus der Sache herauskommen zu wollen.

»Ich habe einen Menschen umgebracht. Dummerweise eine wichtige Person des öffentlichen Lebens. Nun muss ich auch die Konsequenzen tragen. Ich bleibe.«

Weitere Argumente und Überzeugungsversuche waren fruchtlos geblieben. Pablo hätte Alejandro wegen dieser dummen Trotzigkeit gern eine Ohrfeige verpasst.

»Oh nein. Sie sind schon hier.«

Die zwei Männer schauten in die Ferne. Am Horizont flimmerten viele kleine Punkte. Die Dorfgemeinschaft rückte mit Fackeln und Stöcken an. Bei dem Anblick des immer näherkommenden Feuers überfiel Alejandro seine Urangst vor dem brennenden Element. Hastig lief er in sein Haus zurück und verkroch sich in einer Ecke des Wohnzimmers. Pablo ging einige Schritte auf die Leute zu und stellte sich mitten in den Weg.

»Pablo, was soll das? Geh zur Seite. Oder hast du plötzlich Partei ergriffen für diesen Feigling?«, fragte ein Mann ganz vorne. Die Menschen von weiter hinten waren unterdessen nach vorne gegangen, sodass das Landhaus von einem Halbkreis umstellt war.

»Dorfbewohner, hört mich an. Lasst Euch von einem Eingeweihten das Bild, das Ihr von José Gómez habt, berichtigen.«, begann Pablo appellierend. »José Gómez führte ein Doppelleben. Nach außen hin war er der volksnahe Wohltäter, dem nichts wichtiger zu sein schien als das Dorf mitsamt Bewohner. Ich muss zugeben, er hat seine Rolle gut gespielt. Und zwar so gut, dass ich vermutlich jetzt ebenfalls bei euch stehen würde. Aber ich weiß es besser. Hat sich eigentlich schon einmal jemand gefragt, woher diese ganzen Auszeichnungen, die Urkunden und, vor allem, der große Reichtum gekommen sind? War jemand von euch schon einmal in seinen Appartements? Ganz ehrlich, kein Bürgermeister kann sich nur durch seinen lauteren Beruf derartigen Wohlstand erarbeiten. Das sind Zeugnisse seiner unzähligen Intrigen und Machenschaften!«
Ein Raunen ging durch die Menge. »Ach Unsinn, alles erlogen! Haben Sie auch Beweise?«, rief ein anderer.
»Natürlich«, sagte Pablo und deutete auf das Haus hinter sich.

»Ihr seht hier ein Paradebeispiel für Ausbeutung und Hintergehung!«, brüllte er.

In der Menge war es totenstill.

»Ja, Alejandro ist ein talentierter Musiker. Ein Künstler, wie er im Buche steht! Ich wette, dass jeder von Euch schon einmal eines seiner Konzerte besucht hat. Wieviel Geld habt Ihr bezahlt? War es viel? Kein Wunder, weil Alejandros wunderbarer Mentor seine gierigen Finger im Spiel hatte. José Gómez!«

Pablo geriet in Rage. Die Abrechnung mit seinem Vorgesetzten war nötig. Alejandro hatte die Tür einen Spalt weit geöffnet und beobachtete Pablos Versuch, ihn und seine Tat zu rechtfertigen. Tränen platzten aus ihm heraus, da Alejandro begann, den Diener des Bürgermeisters zu begreifen. Ihn ergriff tiefste Dankbarkeit. Und nun begriff er auch, warum Pablo ihn in Schutz nahm. Weil er ein ähnliches Schicksal unter der harten Hand des Bürgermeisters erlitten hatte.

Plötzlich drehte Pablo seinen Kopf und nahm Blickkontakt zu Alejandro auf. Er erhob erneut seinen Arm, mit welchem er auf den Gitarrenspieler zeigte, wandte seinen Blick aber wieder den

Menschen zu, als er zum Ansprechen ansetzte.

»Dieser Mann ist aufrichtig. Und zwar so aufrichtig, dass er nie irgendeinem Menschen Eintritt für die Teilhabe an seiner Musik hätte abnehmen können.« Pablo senkte beschämt seinen Blick.

»Bürgermeister José Gómez hat mich dafür benutzt, Alejandro auszuspionieren, um Ansatzpunkte für Erpressungen ausfindig zu machen. Ihm war es egal, was andere sagten. Er widersetzte sich Alejandros absoluter Bedingung, keine Eintrittsgelder zu verlangen. Das fand jener aber irgendwann heraus. Und dennoch verfolgte José Gómez felsenfest seinen Plan, weiterhin mit Alejandros Auftritten massenhaft Geld abzuzweigen. Die Folgen bei fehlender Kooperation meinerseits wollte ich mir nicht ausmalen. Ich hatte doch nie eine Wahl! Aber dann geschah das, weswegen Ihr alle hier seid. Die Ungerechtigkeit hatte ein Ende gefunden! Und ich wurde erlöst…«

Pablo schaute dem Mann, dem die Rührung ins Gesicht geschrieben war, in dessen feuchte Augen. Alejandro erwiderte den Blick. Und Alejandro konnte wieder lesen. Er sah es dem Augenausdruck an, was Pablo ihm sagen wollte. Jener schluchzte leise.

»Lo siento, Alejandro. Lo siento muchísimo, mi amigo.«

Plötzlich brach ein stämmiger Mann mit schmierigem Seitenscheitel und grobem Gesicht aus der Menge hervor. In seiner Hand befand sich eine brennende Fackel. Er baute sich bedrohlich vor dem dagegen schmächtigen Pablo auf.

»Was Du dir da ausgedacht hast, ist wirklich eine nette Geschichte.«

Er pausierte kurz und schloss die Augen. Dann riss er sie mit einem Ausdruck darin wieder auf, sodass Pablo heftig erschrak.

»Du wolltest uns solche Lügen glaubhaft machen! Jetzt machen wir nicht nur den Gitarrenamateur fertig. Du bist auch dran.«

Für den Riesen war es ein Leichtes, Pablos Hemd an der Brust zu packen und den ganzen Mann unter Aufwendung geringer Mengen Muskelkraft hochzuheben. Pablo japste nach Luft. Wütend warf der Muskelprotz das Gerecke zur Seite, wobei es die Flugbahn eines dünnen Pfeils beschrieb. Pablo schlug auf dem Boden auf und bewegte sich nicht. Erst einige Momente später hob er mit schmerzverzerrter Miene sein Gesicht und beobachtete zutiefst bestürzt, was nun folgte. Er sah, wie mehrere Fackeln durch die Luft flogen; der Großteil traf auf das trockene Gras, vereinzelt auch auf nebenstehende Olivenbäume. Die Flora brannte sofort. Eine Fackel jedoch kam weiter als alle anderen. Sie traf das Dach von Alejandro Rubéns Landhaus.

Mit weit aufgerissenen Augen verfolgte Alejandro das schreckliche Schauspiel. Sowie die Fackeln geworfen worden waren, packte ihn die blanke Panik. Er schlug seine Türe zu und kroch, am ganzen Leib zitternd, in die hinterste Ecke seines Wohnzimmers. Draußen herrschte heilloses Chaos. Manche Menschen jubelten triumphierend, als das Haus getroffen wurde; ein paar andere flüchteten vom Ort des Geschehens. Einer lag am Boden und weinte. Er vergrub sein Gesicht in den dreckigen Boden und schluchzte leise.

»Yo no pude ayudarte. Yo fracasé.«

Die kleine Flamme breitete sich über die Oberfläche aus und brannte sich langsam durch das Dach. Staub rieselte plötzlich auf einen der Teppiche, welche im Wohnraum ausgelegt waren. Alejandro richtete seinen Blick nach oben. Sogleich durchzuckte ihn erneut ein Schauer der Angst vor der leicht rauchenden, orange glimmenden Innenseite. Jetzt fing sogar schon das dünne Holzgerüst an der Decke teilweise Feuer. Ein besonders trockener und alter Balken brach entzwei und fiel mit einem lauten Schlag auf den Boden, wenige Meter vor dem Gefangenen. Wie paralysiert starrte Alejandro fassungslos auf den züngelnden Flammenteppich, der sich vor ihn erstreckte. Die Lage war aussichtslos; er war bereits eingekesselt und hatte keine Möglichkeit mehr, seinem brennenden Käfig zu entfliehen. Alejandro schossen die verschiedensten Gedanken in den Sinn. Er hatte keine Möglichkeit mehr gehabt, sich von Maribel zu verabschieden. Oder von Juán. Doch am schmerzlichsten war, dass Sie wahrscheinlich niemals wissen würde, was hier in Südspanien geschehen war. Sein letzter Brief lag einige Zeit zurück und war bei Gott nicht mehr aktuell. Alejandro musste husten. Er spürte die Hitze, die ihn auffressen und vernichten würde. Er faltete die Hände. Er schloss die Augen.

Manuel war von diesem plötzlichen Ende überrascht und blätterte um. Wieder zwei leere Seiten, doch auf der letzten glänzte ein letzter Satz.

»Habgier vergiftet alles.
Selbst die schönen Dinge des Lebens.«

Manuel schluckte. Nachdenklich legte er das ledrige Buch beiseite. Er musste das eben Gelesene erst kurz verarbeiten. Er schaute auf die Uhr und staunte nicht schlecht, als die Zeiger halb drei morgens anzeigten. Das Zeitgefühl war ihm gänzlich verloren gegangen; die Geschichte hatte seine Aufmerksamkeit völlig vereinnahmt.

»Manuel, Du bist ja immer noch auf! Was machst Du denn die halbe Nacht lang?«, fragte Ursula unvermittelt. Der Junge erschrak beim Öffnen der Tür und schaute seiner Mutter verdutzt in die Augen.

»Ich habe gelesen... Das Buch, das mir der alte Mann vom Markt geschenkt hat. Das musst Du auch – «

Manuel wurde prompt von seinem Vater unterbrochen, der schlaftrunken dazustieß. Der flauschige

Knödel seiner Schlafmütze hing ihm über die Schulter.

»Was ist das hier für ein Lärm? Familie, ab ins Bett. Doch zuerst…« Frank wandte sich gähnend ab und wandelte durch den Flur in Richtung des Kühlschranks.

»Nein, Frank, jetzt trinkst Du sicher nichts mehr! Hörst Du mir eigentlich zu? Frank!«, rief die Mutter ihrem Gatten zu und folgte jenem raschen Schrittes.

Auch Manuel verließ sein Bett und rannte seinen Eltern nach. In der Küche verteidigte Ursula den begehrten Inhalt des Kühlschrankes vor ihrem Mann. Als Manuel eintrat, hielten beide kurz inne. »Ich möchte morgen nach Granada. Haben wir nicht Tickets für die Besichtigung der Alhambra gekauft?« Die Eltern nickten. »Schön. Es würde mir sehr gefallen.«

Mit diesen Worten verzog sich Manuel wieder in sein Zimmer. Er löschte das Licht und deckte sich bis zum Kinn zu.